L'INSIGNIFIANTE

49 avenue Pierre Point
77127 Lieusaint

ISBN : 978-2-900614-02-0

Crédit illustration : Fatimata Ba

Adama SISSOKO

L'INSIGNIFIANTE

La Kainfristanaise

Aux Éditions La Kainfristanaise,
Dans la collection Poésie :

L'Enigme des ruines,
Stève Wilifrid Mounguengui, mars 2021.

Là où le soleil se fane,
Sandrine Davin, à paraître, juin 2021.

Remerciements

À mes parents, mes sœurs, mes frères, et tous les membres de la famille Sissoko et Diarra qui ont fait de moi la personne que je suis aujourd'hui.

Ramata, Thiéni, merci d'avoir été des parents exigeants, intelligents et ouverts. Vous nous avez toujours tirés vers le haut même dans l'adversité.

À Julien Denieul, mon « partner in crime », pour m'avoir relue des milliers de fois, pour tes conseils avisés, ta patience et ta douceur. Sans toi, je pense que je n'aurais pas été jusqu'au bout de ma démarche de publication.

Merci à la famille Denieul, toujours présente, toujours un mot d'encouragement.

À tous mes amis qui, je suis sure, se reconnaîtront. Merci pour vos mots, votre loyauté, vos « posts », pour la force donnée. Vous m'avez soutenue et supportée toutes ces années avec bienveillance. Un clin d'œil tout particulier à la famille Tricard.

Aux bookstragrammeurs :
Amélie : @lectricemoureuse,
Yugo : @les_livres_de_mes_souvenirs,
Amy : @lafemmeenpapier.

Merci de votre soutien, merci pour vos mots, votre sympathie, votre analyse, nos conversations, qui m'ont fait avancer en tant qu'auteure.

À Fadily Camara, merci pour le temps accordé à mon récit, merci d'avoir toujours montré que tu étais là.

À Zak Kchai, merci pour les fous rires sur Insta et merci d'avoir pris le temps de lire mon récit.

À Mélissa de @lafropolitaine, merci pour ta confiance. Ton émission est top.

À Christine Sagnier, de l'Université Ivy League, Princeton, pour votre aide et votre soutien.

À tous ceux qui m'ont soutenue de près ou de loin, merci.

Préface à la seconde édition

« Discrète ». C'est un mot qui revenait souvent dans mes bulletins scolaires. En fait, je n'aimais pas me faire remarquer, c'est tout. Lever la main pour donner la bonne réponse. Pour quoi faire ? Je la connaissais, oui. Pourquoi la terre entière devait le savoir ? Je n'y trouvais aucune satisfaction personnelle.

Vivre cachée pour vivre heureuse, c'était mon mode de survie. Alors, pourquoi écrire un livre sur ma vie ? Je vous avouerai que j'ai longtemps hésité avant de me lancer. Mais plus j'écrivais mes aventures dans mes journaux intimes, plus je me disais qu'il y avait quelque chose à transmettre.

J'étais dans une période de ma vie où j'avais l'impression de ne pas avancer et comme je ne sais pas « ne rien faire », écrire un livre m'est apparu comme une évidence.

J'ai voulu écrire sur des années de ma vie qui m'ont éprouvée positivement comme négativement, celles au cours desquelles j'ai connu de grands écarts émotionnels.

« L'Insignifiante ». On m'a souvent demandé la raison de ce titre. Il veut à la fois tout et ne rien dire ; sur moi, sur vous, sur l'humain. Un relecteur m'a même dit un jour « je pense que vous devriez changer le titre du livre, personne ne veut lire l'histoire d'une insignifiante ». J'ai donc su qu'il fallait garder ce titre. Quand comprendra-t-on que nous sommes à la fois tout et rien ?

Lorsque j'ai fini d'écrire la dernière version de ce roman, voici quelle a été ma réflexion : si ne serait-ce qu'une personne, achetait ou appréciait ce livre ; j'aurai fait le job.

Pourquoi mon histoire serait plus ou moins valable que celle d'une célébrité ? Elle touchera certaines personnes et d'autres pas. On l'aimera ou pas. Peu importe, elle sera racontée, car toutes les voix comptent… Ou pas ?

N'oubliez jamais, la vie, la nature, la planète, c'est comme les casinos : à la fin, la maison gagne toujours.

Avant-propos

Nous sommes tous des insignifiants sur cette terre, mais nous voulons tous devenir quelque chose, quelqu'un d'important aux yeux d'une, de plusieurs personnes... ou de soi-même. S'accomplir !

On oublie qu'on peut tous disparaître d'un coup de pichenette si l'univers s'en donne la peine. L'un veut devenir un insignifiant riche, l'autre une insignifiante journaliste, et un autre encore un insignifiant ingénieur. Il y a aussi des insignifiants tout court, ceux devant qui vous passez dans la rue et à qui vous donnez une pièce de temps en temps. Et vous, quel insignifiant êtes-vous ?

Je suis une insignifiante prénommée Adama. Je tiens un journal intime depuis que j'ai douze ans. Ça a dû m'éviter des années de séances interminables chez les psys. L'écriture, c'est comme le théâtre ça répare l'âme

La vie est une grande scène de théâtre. Depuis 2015, je joue le rôle de l'aventurière arrivée au Japon et qui devient professeure d'anglais. Dix ans plus tôt, je jouais celui de l'étudiante en école de commerce promise à un bel avenir de chef de produit en marketing. La vie en a décidé autrement. Dans le fond, je pense avoir toujours été une artiste dans l'âme.

Dans un monde « marche ou crève », il faut s'en sortir. Étant plutôt bonne élève, j'ai choisi la sécurité des études pour me garantir un avenir décent. En y repensant, j'aurais mieux fait de me casser une jambe le jour ou j'ai décidé. Choisir une filière bouchée au possible pour se retrouver a faire des jobs qui y ressemblent de près ou de loin, mais surtout de loin...

Subir le destin, ça n'a jamais été mon truc. Rechercher constamment le bonheur parfait – ce qui fait aussi de moi une éternelle insatisfaite – n'est-ce pas la nature humaine ? Pour échapper à la réalité parfois ennuyeuse, j'écris, j'efface, je gribouille, je revis, j'entre dans mon monde, et plus personne n'existe.

Mon destin m'a amenée vers l'hôtellerie de luxe, ce milieu mystérieux, peut-être la représentation miniature de l'espèce humaine et de la haute société. Je me suis retrouvée dans ce monde par un concours de circonstances et je me suis toujours dit qu'un jour, j'écrirai, pour que les gens se fassent une idée de ce qui se passe derrière le rideau, derrière le luxe, derrière les paillettes, et raviver les souvenirs de ceux qui le savaient déjà. J'essaierai de faire appel à toute mon objectivité : tout est tiré de mes journaux.

Je vous invite à suivre mes aventures franco-américaines.

Welcome into my head!

BALTIMORE

Destin ou rêve

Croyez-vous au destin ? Je suis constamment en conflit avec l'idée d'un destin écrit quelque part. Si tout est écrit, pourquoi se prendre la tête à se créer une vie ? Où est le libre arbitre ?

À chaque choix, modifie-t-on notre destin, ou revient-on à ce qui était écrit de toute façon ? Et si rien n'était écrit ? Nous sommes les instruments de notre propre bonheur ou malheur.

J'ai été élevée avec mes frères et sœurs dans la croyance musulmane. Du moins, mes parents ont essayé de nous y faire adhérer, mais jamais par la force. Petite, ça s'est plutôt passé comme cela :

– Écoute, tu es musulmane parce que nous sommes musulmans. Notre Dieu s'appelle *Allah*, nous prions, nous ne mangeons pas de porc, nous faisons le ramadan.

– Je suis obligé ?

– Non. Pour l'instant, tu es jeune. On verra plus tard.

Alors bien sûr, voir ses parents prier cinq fois par jour et invoquer Dieu à chaque conversation a fini par faire de moi une croyante, mais pas une pratiquante. Mes parents n'ont jamais insisté, le but premier étant d'élever des enfants doués à l'école afin qu'ils n'en bavent pas autant qu'eux. Nous fêtons Noël, peut-être même mieux que l'Aïd. Noël, tradition apportée dans notre pays d'origine, le Sénégal, jusqu'à la ville de Tambacounda par les colons. Disons que la relation à Dieu m'est personnelle, c'est à lui de me juger. J'ai autant étudié le Coran que la Bible, et, ironiquement, je me méfie des livres. Si j'ai une question, je demande directement au créateur de l'univers, à la conscience universelle.

Ai-je des réponses ? Est-ce que je crée mes propres réponses ? Personne ne peut le savoir. Toujours est-il que, depuis petite, tout se manifeste dans mes rêves. Comme tout le monde, me direz-vous. Je fais très attention à ce que mon subconscient me révèle, car il a très souvent eu raison.

À quinze ans, j'étais en classe de seconde et le passage au lycée avait fait chuter mes notes. Je me demandais si foirer mes études allait faire foirer ma vie. Une nuit, j'ai fait un drôle de rêve. Un de ces rêves qui semblent prophétiques. Je me suis vue traverser ma vie professionnelle. Je voyais et ressentais tout, une succession de jobs plus ou moins intéressants, des moments d'ennui, de désespoir, de joies, de peines, dans plusieurs filières, jusqu'à la consécration. J'étais à l'inauguration de mon palace, dans un pays étranger, je coupais le ruban rouge, et recevais les félicitations du maire de la ville. Réveil.

Ce rêve m'avait marquée, mais avait fini par passer à la trappe pour réapparaître sept ans plus tard.

Je n'ai jamais travaillé dans des hôtels de moins de quatre étoiles. Comme j'ai été élevée dans un milieu très modeste, dans un appartement bien trop petit pour le nombre d'occupants et infesté de cafards, le luxe m'a toujours fascinée. Tout est beau, tout brille, tout est parfait, c'est précieux, c'est rare. Les gens qui ont de l'argent donnent envie. Ils donnent l'impression que tout leur réussit. Vraiment ? Et moi aussi, je voulais ma maison de luxe, voyager à ma guise, dormir dans des hôtels de luxe, dans ma chambre, dans mes draps de soie. Pourquoi seulement les autres ?

À défaut de pouvoir m'offrir une nuit dans un tel établissement sans me saigner à blanc, j'ai fini par y travailler. Je n'ai pas été formée dans de prestigieuses écoles hôtelières, ce qui est à la fois une qualité et un défaut : je vois tout d'un œil neuf et je n'ai jamais su comment me comporter face à un client « important », comme on l'apprend dans ce genre de formation. Tout se fait à l'instinct, pour le meilleur ou pour le pire.

Pour moi, la nature profonde des gens est essentielle. Je suis entière, franche, et aussi pleine de doutes et de mécanismes de défense. Je passe souvent pour une arrogante. Je le suis dans un sens, car je me sais intelligente – sans être un génie – et je n'ai pas peur des conflits. Je n'ai aucun sens de la hiérarchie, ce qui m'a toujours permis de ne pas me démonter devant des clients impressionnants ou très exigeants.

Ze beginning

5 décembre 2008, 20 h 30. « Essai 1-2 ! Essai 1-2 ! » dit le pilote de l'avion du vol Paris-Londres, puis sensation de chute vertigineuse digne du Tonnerre de Zeus au Parc Astérix. Mon voisin est blanc comme un linge, je commence à prier, nous sommes quinze à tout casser dans l'avion. Je pense : « Ça y est, Dieu a besoin de son quota de morts, il a jeté son dévolu sur un petit vol de rien du tout. » Je lui dis : « Dieu, je n'ai pas signé pour partir tout de suite ! »

J'ai lu que les trous d'air en avion n'existent pas. Ce sont juste des turbulences causées par les vents qui donnent l'impression de tomber dans le vide. Je me sens quand même mieux dans ma chambre d'hôtel, sur la terre ferme.

Comment tout cela a-t-il commencé ?

Octobre 2008, vingt et un ans. Dernière année d'études en école de commerce, stage de fin d'études, mémoire rendu. Pour l'anecdote, j'ai un bac+4, j'ai fini mes études avant la mise en place du système LMD. L'année scolaire 2007-2008 a été une de ces étranges années où les malheurs se plaisaient à se suivre les uns après les autres. On a l'impression que l'univers veut toujours nous reprendre notre bonheur à un moment ou à un autre, comme pour rééquilibrer les choses. Ainsi, j'arrivais en cette fin de cursus terrassée et épuisée par la mort successive d'un ami, d'une tante et d'une cousine.

Mon stage n'avait aucun intérêt pour mes projets d'avenir, mais l'équipe était sympathique.

D'ailleurs, je n'avais aucun projet d'avenir en tête. J'allais me retrouver diplômée en marketing, et pas la moindre idée de ce que je voulais faire de ma vie. Tout ce que je savais, c'est que ça devait avoir un rapport avec le luxe. C'était d'ailleurs le sujet de mon mémoire de fin d'études : « Luxe et vente internet, compatibles ? »

J'avais postulé dans plusieurs enseignes de luxe et essuyé plusieurs refus. Pour l'une d'elles, mon école n'était pas assez prestigieuse ; pour l'autre, je ne devais sûrement pas être assez intelligente ; pour une troisième, ils avaient déjà rempli leur quota de peaux foncées.

J'ai finalement visé une grande marque internationale de cosmétiques. Une de mes camarades de classe y avait été embauchée grâce à son papa, et mince, cette fille était idiote au possible ! Énième réponse négative. Là, j'ai perdu la foi. Je n'avais pas de contacts haut placés, mon diplôme ne me servait à rien, et, il faut le dire, être noire ralentissait le processus. Je n'y croyais pas, à ces histoires de racisme, avant d'y être confrontée. J'étais dans le déni total, le blocage psychologique. Puis, quelques souvenirs peu agréables ont refait surface. Lors de mon stage d'observation en troisième, j'avais été prise *in extremis* dans un salon de coiffure. L'une des gérantes était une raciste déclarée, mais elle n'avait pas eu le choix. J'ai passé la semaine à entendre des remarques désobligeantes sur mon odeur corporelle ou mon physique. Elle ne m'a même pas laissé finir la semaine, en me disant : « Écoute, le vendredi, il y a trop de monde, et puis tu n'as rien à faire là, tu devrais plutôt aller dans un salon de coiffure pour les gens comme toi. » C'était mon premier affront raciste. J'avais quatorze ans, plutôt rebelle dans l'âme, mais j'étais tellement stupéfaite d'incompréhension que je n'avais pas su réagir. Je suis partie les larmes aux yeux, en me promettant qu'elle me le paierait. Je n'ai pas eu le temps de préparer ma vengeance : le salon a mis la clé sous la porte avant la fin de mes études.

Le deuxième affront a eu lieu quelques années plus tard, lors de mon stage de professionnalisation. J'étais dans une petite boîte de presse, l'ambiance était superbe. Le Salon du livre arrivait et j'étais chargée de choisir les meilleurs commerciaux pour promouvoir certains éditeurs. Le patron d'une maison d'édition renommée m'appelle pour me dire : « Alors, c'est vous, la nouvelle assistante commerciale ? Bon, je vous le dis, entre nous, pour le salon, prenez des commerciaux de la France profonde, haha, vous voyez ? Pas de Mamadou, ou Samir, haha ! » J'ai trouvé cela ironique qu'il ne sache pas qui était au bout du fil. Je lui ai calmement répondu que j'étais d'origine africaine et que je choisirai les plus méritants. Il a raccroché en balbutiant et a rappelé ma directrice pour s'excuser. Lâche.

Je ne prône pas le Black Power, je souligne une simple réalité. Ce sont des incidents ponctuels et non mon combat quotidien. On doit en être conscients, mais inutile de se victimiser et de croire que le racisme est partout et qu'il nous empêche de réussir. Je répète : il ralentit simplement le processus.

Mes recherches de travail ne donnaient pas de résultats.

Je me suis donc raccrochée aux mots d'une collègue qui m'avait sagement dit : « Tu peux faire tous les projets que tu veux, la vie t'emmènera là où tu dois aller. » C'est ainsi qu'un soir d'Halloween, j'ai reçu un email de l'hôtel *Carillion* de Baltimore avec une proposition d'entretien qui devrait se passer à Londres. Ni une ni deux, je réponds oui et réserve un billet d'avion pour Londres. Si la France ne veut pas de moi, autant aller voir ailleurs. Mon ressenti du moment : « Mon pays m'abandonne. » Je me casse le cul à sortir de la vie des cités, et, à l'arrivée : « Désolé, il n'y a plus de place. » J'aurais pu insister, mais la patience est une vertu dont on m'a dépourvue à la naissance.

Ainsi, le 5 décembre 2008, je me suis retrouvée dans une salle du *Carillion* de Londres, un quatre étoiles, attendant que l'on vienne me chercher pour l'entretien. Je ne connaissais pas le nom de mon interlocuteur. J'étais là avec deux Anglais : un jeune homme trop stressé pour parler et une jeune fille de mon âge, confiante, qui s'étonnait que je sois venue de Paris pour un entretien. Je lui ai répondu qu'il me fallait moins de temps et d'argent pour venir à Londres que pour descendre à Nice.

Mon niveau d'anglais étant correct, ce n'est pas ce qui me stressait. Une seule question me taraudait : « Qu'est-ce que tu fous là ? » Et je n'ai pas eu le temps de répondre à ma question, car Monsieur Powell est arrivé. Il était très grand, des yeux bleus perçants, de ces yeux qui vous donnent l'impression qu'on lit dans vos pensées. Il dégageait un air sévère, mais juste et bienveillant. D'un grand sourire, il m'a serré la main :

– Oh, bonjour Adama, je pensais que vous étiez un garçon.

Nous nous sommes installés dans le bureau, l'entretien commençait.

– Vous n'avez pas fait d'école de gestion hôtelière ?

– Non.

– Vous n'avez pas d'expérience, vous n'avez jamais travaillé dans un hôtel avant cela ?

– Non.

– Vous savez à quel genre de travail vous attendre ?

– Non.

– Que faites-vous ici ?

On ne peut pas dire que l'entretien se passait à merveille, mais quitte à m'être déplacée, je comptais bien défendre mon honneur. Une série de questions ont suivi pour tester ma personnalité, ma capacité à travailler en équipe, à avoir du leadership, à travailler sous pression, etc. D'un naturel spontané, je n'aime pas les questions du type : « Si vous étiez dans cette situation, que feriez-vous ? », « Citez-moi vos qualités, vos défauts », « Pourquoi vous et pas un autre candidat ? » On répond tous le même genre d'âneries basiques et sans intérêt, mais bon, j'acceptais le rôle.

Monsieur Powell, resté impassible durant tout l'entretien, m'a raccompagnée à la porte et a terminé en me demandant :

– Pourquoi avez-vous fait le déplacement jusqu'ici pour cet entretien ?

– Je n'en sais rien, j'ai eu un feeling.

Nous nous sommes donc serré la main et je suis allée prendre mon vol retour.

Une semaine plus tard, toujours en stage, je suis à mon bureau pendant la pause de midi, en train d'engloutir mon sandwich. Je regarde ma boîte mail perso et clique sur un email provenant de l'hôtel *Carillion*. « Félicitations, bienvenue dans notre équipe ! » Je manque de m'étouffer : « Quoiii ? » On me demande d'arriver à Baltimore, si possible, mi-janvier. Je ne prévoyais pas du tout d'être prise, donc j'avais prévu un week-end à Berlin et un trip de trois semaines au Japon. Tout ça payé avec mes économies de stage. Je réponds donc que je ne serai pas disponible à cette date. Finalement, on me demande de venir pour mi-avril, puis de commencer le 2 mai 2009.

Les formalités de visa m'ont causé un peu de stress. Des formulaires, plus des formulaires, plus des formalités. J'avais lu des histoires cauchemardesques de personnes à qui on avait refusé le visa ou qui n'étaient pas arrivées à l'heure au rendez-vous et s'étaient fait recaler ferme. J'avais du temps, donc j'ai tout fait en avance.

Je devais faire une demande de visa J1. Le *Carillion* Baltimore m'a conseillé un sponsor et, bien sûr, il y avait de nombreux frais, dont l'assurance. Une somme que je n'avais pas sur mon compte en banque, surtout pas après mes deux voyages. Mais l'hôtel pouvait avancer l'argent et se rembourser sur mon salaire versé toutes les semaines. Je devais attendre que l'on m'envoie les formulaires DS-2019 et DS-7002 pour pouvoir m'inscrire sur le site de l'ambassade et remplir un autre formulaire, le DS-160. Ça commençait à ressembler à une version virtuelle de la maison des fous dans *Les douze travaux d'Astérix*. J'ai quand même fini par remplir ce formulaire, qui demandait des informations sur toute ma vie criminelle ou non, mes parents, mes frères et sœurs – inutile de préciser que tout était en anglais. Un dernier tour à la Poste pour payer les frais de visa par mandat cash, une enveloppe Chronopost, et j'étais prête pour mon rendez-vous à l'ambassade.

Je vous passe les détails. En résumé, je suis arrivée à l'heure, pas avant, pas après, et j'ai laissé clés, portable et autres objets « suspicieux » à l'entrée. Mon entretien s'est passé très vite. On m'a demandé pourquoi j'allais aux États-Unis et si je comptais revenir en France. Les réponses ont été satisfaisantes et l'agent de l'immigration m'a souri en me disant qu'il validait mon visa, et de bien spécifier au contrôle de l'immigration que je venais pour un stage d'un an, et de ne jamais utiliser le mot « travail ». L'ambassade en France peut valider votre visa, mais si un truc se passe de travers à l'arrivée, vous pouvez être renvoyé aussi sec dans votre pays.

Les adieux avec famille et amis ont été assez expéditifs et sans trop d'émotions, principalement de mon fait.

First lines

26 avril 2009. *New York City, baby!* Mon escale, et surtout mon port d'entrée. Première fois aux États-Unis ! Je ne réalise pas vraiment ce qui m'arrive. Il faut passer les contrôles, remplir le I-94 (encore un formulaire !) On me pose des questions et j'annonce la phrase magique apprise pendant l'entretien à l'ambassade des États-Unis « Je viens pour un stage d'un an à l'hôtel *Carillion* de Baltimore. » On prend ma photo, mes empreintes et « Bienvenue aux États-Unis, Mademoiselle ! » C'est tout ? Eh bien, à moi Baltimore !

J'ai été reçue à l'aéroport par Miguel, qui s'avérera être un de mes managers. Il avait une photo de moi agrandie : « C'est vous, Adama » Il était originaire du Mexique, parlait un anglais parfait avec un accent espagnol prononcé. S'habituer aux nombreux accents a été mon principal défi les premiers mois ; l'accent hispanique, l'accent indien, l'accent chinois, l'accent british, l'accent irlandais, l'accent roumain et… l'accent noir américain.

À l'arrivée, nous passons par l'Inner Harbor, et j'ai une impression de déjà-vu. Et pour cause, Baltimore est jumelée avec Gênes, en Italie, où j'ai passé mon semestre Erasmus deux ans plus tôt. Miguel me dépose à l'accueil de l'hôtel. Entrée somptueuse, sol marbré, lustre géant, fleurs fraîches. Je n'ai pas l'habitude des quatre étoiles.

J'avais le droit à deux semaines d'hébergement, le temps de trouver un logement. Une autre stagiaire J1 était à la réception : Maria, du Mexique, dans un style très *bomba latina* même dans son uniforme de parfaite réceptionniste.

– Bienvenue au *Carillion* Baltimore. Tu es la fille de Paris ? Bonjour ! Enchantée ! On est tous des J1 ici, tu vas adorer !

Voilà un accueil chaleureux, me dis-je.

– Oui, je vais être affectée au service banquets.

– Super ! Eh bien, je vais te donner une belle chambre avec vue sur l'Inner Harbor, l'ascenseur se trouve sur la gauche.

Moi, petite fille des cités de Nanterre, dors dans un quatre étoiles douillet. Dieu doit exister. Bien sûr, je ne connaissais personne. Miguel m'appelle le soir pour savoir si tout va bien et me dit de me présenter aux ressources humaines le lendemain matin. Je me mets devant la télé géante, tombe sur *America's Next Top Model* et reste plantée devant jusqu'à ce que je m'endorme.

Je me présente aux ressources humaines le lendemain matin, après une superbe nuit et un copieux petit-déjeuner à l'américaine servi en chambre. Une blonde digne des séries TV d'Aaron Spelling me reçoit tout excitée, décidément, toujours enjoués ces Américains :

– Oh mon Dieu, tu es la demoiselle qui vient de Paris ! Incroyable ! Oh, tu sens trop bon, c'est quoi ton parfum ?

Premièrement, j'aimerais bien en placer une.

– Ça va super ! Un peu jet-laguée, mais ça va.

Elle finit par redevenir sérieuse, et m'explique que je dois ouvrir un compte en banque chez *Bank of America* en précisant que je vais travailler chez *Carillion*, et que je dois faire ma demande pour une carte de sécurité sociale je ne sais où (ah oui ? Y'a la sécu aux US ?) et mon test de dépistage de drogues. Je suis interloquée, je ne savais pas qu'on devait se faire dépister pour pouvoir travailler aux États-Unis, ou bien est-ce spécifique à certains secteurs d'activité ?

Dans l'après-midi, je sors de l'hôtel, histoire de prendre l'air et de repérer un peu les lieux. Je trouve vite la banque et me dis que je m'occuperai des formalités administratives le lendemain. Le centre-ville est très animé, ce qui me rassure. Je me balade avec mon notebook et repère un café avec wifi gratuit. Je commande une petite salade et m'installe pour pouvoir chatter avec mes amis sur internet. Un jeune homme repère que mon écran n'est pas en anglais et propose de rester déjeuner avec moi. À Paris, j'aurais très certainement décliné l'invitation, mais bon, je ne pouvais pas passer mes journées à parler avec moi-même. Au final, il n'était pas pressant, a fini son déjeuner avant moi et a quitté ma table. « Il n'allait pas être difficile de se faire des amis par ici » pensais-je.

En cette première journée, j'avais l'impression que mes émotions étaient inexistantes. Je ne ressentais pas grand-chose, j'avais pas mal de choses à régler et je ne réalisais pas trop ce qui m'arrivait. J'avais lu que Baltimore avait été classée deuxième ville la plus dangereuse des États-Unis, mais, n'ayant pas grandi dans un environnement tranquille, c'était le cadet de mes soucis.

Petit flash-back. Ma cité de Nanterre a longtemps été le quartier général de dealers de drogue des Hauts-de-Seine. Des trafics se faisaient dans mon bâtiment, à mon étage. Je me souviens qu'il y avait des heures où l'on devait éviter de prendre les escaliers. Mais l'ascenseur était souvent en panne. Dans la cage d'escalier, vers le cinquième, il y avait le guetteur, cagoulé et portant fièrement son *gun*. Au quatrième, mon étage, le vendeur, également cagoulé, avec son *gun*, et un melting-pot de clients faisaient la queue jusqu'au rez-de-chaussée. Il y avait de tout, du riche, du pauvre, du junkie, du curieux. Une odeur de marijuana se diffusait dans tous les étages, et depuis, je pense avoir développé une certaine immunité à cette drogue. Les drogues les plus puissantes se vendaient dans d'autres bâtiments, on en trouvait les seringues dans notre parc de jeux. Pour nous dissuader de les toucher, ma mère avait trouvé la phrase magique : « Si vous les touchez, vous allez attraper le sida et mourir. » J'en ai quand même touché, mais avec des gants.

Un jour, on a sonné à notre porte. Ma grande sœur a ouvert ; c'était une dame toute tremblante qui demandait de l'eau. Vu l'heure, je me doutais de ce qui l'avait mise dans cet état. Ma mère l'a fait rentrer. La dame répétait : « Ils vont me tuer, ils vont me tuer, je suis juste venue voir une amie, ils vont me tuer ! » Effectivement, son amie avait dû omettre de lui dire de ne pas prendre les escaliers, et elle était tombée sur les guetteurs cagoulés et armés. Ma mère tenta de la rassurer : « C'est rien, ils font leur trafic, ils s'en fichent de vous. » On a quand même dû la raccompagner à l'arrêt de bus en tentant de la calmer.

Bien sûr, nous savions tous qui se cachait derrière ces cagoules, des copains de bac à sable pour la plupart. On les saluait, on discutait lorsqu'on avait le temps. À cette époque, il y avait une forme de respect. Ils n'attaquaient pas des gens lambda pour le sport, les conflits étaient entre gangs. Malheureusement, en plus des drogues, nous avions aussi des tournantes. La hantise de nos parents. Pourtant, nous n'étions pas des cibles pour eux, nous étions comme des sœurs ou des cousines, mais si on se baladait dans une autre cité, nous n'avions plus d'immunité. J'ai vu beaucoup de choses que je n'aurais pas dû voir si jeune... Le cerveau aime les blocages, et un bouclier s'est vite formé en moi.

L'école, c'était clairement mon échappatoire. Dans mes souvenirs, le Maire de Nanterre se battait pour que les ZEP aient accès à la culture et on a très tôt été initié au théâtre à l'équitation et à l'opéra. A 8 ans je récitais par cœur le 1er Acte des Fourberies de Scapin. C'est là que j'ai compris qu'il y avait une autre vie ailleurs et qu'il fallait que j'échappe à la cité.

Je pense que c'est ce qui me donnait ce sentiment froid. Une autre ville où survivre, un Nanterre à l'échelle américaine. Je n'arrivais pas à me projeter dans l'avenir. J'écris à une heure où les cités se radicalisent et où Paris se fait attaquer à la kalachnikov, pour résumer grossièrement. D'après moi, ce problème est né il y a bien longtemps dans les cœurs. L'Islam fait sa crise d'adolescence. Aussi banal que cela puisse paraître, je pense que ces gens perdus ne crient qu'une seule chose : « Aimez-nous, aidez-nous ! » C'est comparable à l'effet d'un parent qui a abandonné son enfant à la naissance ou qui l'a traumatisé en l'élevant. Dans certains cas, l'enfant grandit en développant traumatismes, agressivité et gros problèmes d'identité. Jusqu'à ce qu'il comprenne qu'il doit en fait apprendre à s'aimer de nouveau. Exit la psychologie de bas étage, revenons-en à mon histoire.

Welcome to Charm City

Charm City, c'est un des surnoms de Baltimore. Somme toute adorable par ses quartiers Inner Harbor, Fell's Point, Washington Monument, Little Italy et Federal Hill. Des coins charmants, des restaurants charmants, des bars charmants, des rues charmantes, des églises charmantes. Tout ce qui entoure l'eau est charmant. Vers les terres, c'est moins fun, voire très dangereux. J'ai assisté à une course-poursuite en sortant de l'hôtel le deuxième jour. Deux choses me sont passées par la tête : « Éloigne-toi, ça serait bête de te prendre une balle maintenant » et « Les policiers américains ? La classe ! » N'est-ce pas une boîte de *donuts* que j'aperçois dans la voiture, là ?

Il me restait quelques jours de liberté avant de commencer le travail et j'ai donc décidé d'aller arpenter les rues de la ville. Je lis très mal les plans, si bien que je les regarde toujours en diagonale et m'aventure dans l'inconnu bien insouciante. On verra bien où j'atterris. Je retrouve le *Bank of America* repéré la veille pour ouvrir un compte en banque. Une fois au guichet, je précise l'objet de ma venue et on me fait patienter. Un banquier vient me chercher, on me fait signer tout plein de papiers. On prend ma photo, on me fait choisir un code secret, on me demande de déposer du cash, et voilà ! En vingt minutes chrono, je repars avec deux cartes de retrait temporaires, le temps de recevoir celle avec ma photo. Pourquoi une photo ? Pour que les commerçants puissent confirmer que je suis bien la détentrice de la carte.

Ignorante que j'étais, je ne savais pas qu'on payait en carte bancaire sans code aux États-Unis. J'ai d'ailleurs remarqué par la suite que les Américains ont des *drive-thru* (et non drive-in) pour les distributeurs, où l'on peut retirer de l'argent sans sortir de sa voiture.

Après mon passage à la banque, je remonte la rue à la recherche d'un *AT&T* pour une puce de téléphone. C'est dans ces moments-là que je suis ravie d'être noire. Ce qu'il faut savoir aux États-Unis, notamment dans les grandes villes, c'est qu'en s'aventurant d'un bloc à l'autre, on peut passer d'un quartier calme à un quartier ghetto sans s'en rendre compte. Je trouve *AT&T* dans Lexington Market. Il n'y a que des Noirs ou des Blancs pauvres, des gars en fauteuil roulant ; maladie ou balle perdue, je ne saurais dire. Sans compter les drogués et autres paumés des environs. Attention, je ne dénigre pas, c'est ce que j'ai vu. Les locaux eux-mêmes me diront que j'étais folle de m'y être aventurée toute seule. La nuit, on ne s'y rend sous aucun prétexte. Je m'y sentais mal à l'aise, mais je me disais que ma couleur de peau pourrait m'éviter des désagréments.

Les gens savent que je ne suis pas d'ici : ma façon de m'habiller très européenne et mon visage étonné de petite nouvelle me trahissent. Au-delà de ça, entre blacks, on arrive souvent à déterminer notre origine (Afrique, îles, États-Unis...) et, évidemment, mon visage ressemble à tout, sauf à celui d'une Noire Américaine. Les gens me dévisagent, certains m'interpellent, je me fraye un chemin tant bien que mal au stand *AT&T*, visage fermé. Le vendeur attaque direct :

– Tu viens d'où, chérie ?

C'est bien ça, j'ai le mot « étrangère » tatoué sur

le front.

– Comment tu t'appelles ? Adama ? Magnifique ! T'es de Paris ? Magnifique ! Qu'est-ce que tu viens foutre ici ?

Je finis par récupérer ma puce de téléphone et file faire mon test de dépistage.

Mes premières impressions ont été que les Américains ont cette faculté de savoir vous faire sourire même quand vous êtes d'humeur bougonne. Chez moi, en région parisienne, je fonce dans la rue, je ne m'arrête pour personne, je m'énerve pour un rien, et je n'apprécie pas d'être sans cesse menacée par le ciel gris. À Baltimore, le ciel est souvent bleu malgré le froid, il ne pleut pas souvent, l'hiver est rude, l'été long et chaud. Le ciel ensoleillé change l'humeur. Les gens vous parlent constamment, ce ne sont pas des timides.

On dit que les Américains sont superficiels, et je dis qu'il n'y a pas de fumée sans feu. Ils superlativisent : tout est *awesome*, *beautiful*, *fantastic*, *freaking great*, *wicked good*. Cependant, j'apprécie qu'un chauffeur de bus me salue systématiquement « Comment ça va, chérie ? », qu'un homme me laisse sa place dans le tram « Assieds-toi, p'tit cœur ! », qu'on m'aide à trimballer une grosse valise « Donne-moi ça, cousine ! », et que les caissières à la voix de fumeuse me disent bonjour et entament la conversation « Salut chérie, tu fais une tarte ce soir ? Haha ! »

J'apprécie moins... les hommes dans la rue. Pour n'avoir pu comparer objectivement que ces deux nationalités, j'aurais tendance à assimiler les Américains à des Italiens. Ils aiment la femme dans tous ses états, la femme à l'état pur, toute la femme, l'essence même de la femme, et ils ne s'en cachent pas, qu'on ait affaire au plus grand macho misogyne ou aux plus romantiques d'entre eux. C'est-à-dire qu'ils nous voient d'un extrême à un autre, comme un simple objet sexuel soumis ou comme une déesse sans laquelle ils ne peuvent pas vivre.

Aussi, là où je laisse la plupart des Français indifférents à mes charmes, en Italie, il était impossible d'enchaîner cinq pas sans entendre « *Ciao bella !* », et je ne compte pas le nombre de propositions de café ou de tour en voiture. Mais bien sûr ! Eh bien, Baltimore, même combat, mais en un peu plus agressif. J'ai eu plusieurs rendez-vous, par-ci par-là, avec des hommes et même des femmes de Baltimore, simplement curieuses de chatter avec une Française. Ce n'est pas simple de débarquer toute seule, dans un pays inconnu, sans connaître personne. Même si je suis une solitaire dans l'âme, ça aurait été de la folie de rester enfermée dans ma chambre d'hôtel en attendant mon premier jour de travail. Je répondais activement aux annonces du site Craigslist pour trouver un logement rapidement, ce qui permettait, à défaut de trouver un chez-moi, de rencontrer des gens sympathiques.

Les hommes, appelez-moi naïve, ils n'attendaient qu'une chose. Sauf deux : un qui était des Philippines, mais qui avait grandi aux États-Unis, très intéressé, voire attaché, mais je n'ai pas eu l'étincelle qui m'aurait donné envie d'aller plus loin ; ça s'est fini sans *heartbreak*. L'autre était un Américain. Le pire rendez-vous de ma vie. Oui, je parle de *Charm City* et, étant une femme normalement constituée, avouons que les États-Uniens sont quand même un lot au-dessus de la moyenne mondiale de beaux gosses au kilomètre carré, l'œil rieur, charmeurs, le sourire ravageur. Il n'y a qu'à regarder leur président de l'époque.

Les mots qui se soutiennent, se ressemblent, s'égalisent. Pour en revenir au pire rendez-vous de ma vie, il m'avait interpellée dans la rue et payé moult compliments et – je ne dis pas que je suis facile à charmer – l'ambiance et la solitude du moment me donnaient envie de rencontrer du monde. Matt, de son prénom, m'invite à dîner dans un restaurant japonais de Fell's Point, vient me chercher en voiture, on discute, on rigole, tout va bien. Nous arrivons au restaurant. Comme dans la plupart des restaurants de ce type, télé géante au mur, et, ce soir-là, un match de basket. Je ne sais pas ce qui était le plus vexant : le fait que le match soit plus intéressant que moi, ou bien que sa petite personne soit plus intéressante que moi ? Parce qu'en plus de systématiquement me couper la parole pour commenter le match, il ne parlait que de lui-même et, le peu de fois où je pouvais en placer une, il ramenait toute la conversation à lui. Un concentré de « moi, je » sur pattes. Le cauchemar.

La soirée s'est terminée, il a payé l'addition. C'est déjà ça. En règle générale, je refuse qu'un homme règle l'addition pour moi, et, s'il le fait, c'est que je paierai la prochaine fois. Cependant, j'ai estimé que cette torture d'un soir méritait compensation. Il a proposé de me déposer en voiture, ce que j'ai refusé. J'ai préféré rentrer à pied. Nous en sommes donc restés là, je ne pense même pas qu'il se soit vexé que je ne le recontacte pas ou ne réponde plus à ses messages. Il était assez charmant pour pouvoir trouver une autre victime en moins de deux.

On m'a appris quelques différences dans les relations hommes-femmes entre les Français et les

Américains. Les Américains ont souvent des relations non exclusives au début. Ils peuvent sortir avec plusieurs personnes avant de décider avec qui ils veulent rester. Les hommes payent les sorties, là où nous, on aurait tendance à partager, voire à payer pour l'homme. Aussi, les Américaines sont des dragueuses agressives, et ce n'est pas forcément mal vu. Les Françaises sont en général plus subtiles dans leur approche ou attendent que l'homme fasse le premier pas. Sinon leur réputation est vite faite : « Quelle p... ! » On m'a souvent répété que les Français avaient la réputation d'être de super amants : « Oh, ils doivent être romantiques et doux ! » De mes expériences, je pense que le Français est moins bourrin dans son approche que l'Américain. La Française est souvent plus froide, surtout à Paris. Les hommes se font souvent rembarrer sec, ils doivent donc adopter une autre approche. Mais finalement, la « connard attitude » touche toutes les nationalités... et l'inverse est vrai aussi.

First day

2 mai 2009. Suis-je idiote, ou insouciante, ou les deux ? Nous, J1, avons un contrat qui explique le déroulement de notre stage. On travaille au même titre que n'importe quel Américain, sauf qu'on est payé moins cher. Ce contrat est rarement suivi à la lettre et je n'avais pas lu le mien. Je n'avais jamais travaillé dans un hôtel, donc il fallait tout apprendre. Et quel apprentissage !

Premier jour, 14 heures. On m'avait dit de venir habillée en noir avec des chaussures noires. Je logeais toujours dans ma chambre d'hôtel. Toute fraîche et pimpante, je descends à l'étage des conférences et banquets. Je n'ai aucune idée de ce qu'on attend de moi. Me voilà accueillie par la direction RH, la direction « événementiel » et quelques futurs collègues. Tout le monde me serre la main et me souhaite la bienvenue avec un grand sourire. Puis on me présente ma capitaine du jour.

Les banquets, c'est un grand département. De notre côté, ça marchait par ordre croissant : les équipiers banquets avec leur capitaine, les serveurs avec leur *team lead* et leur capitaine. Audessus de nous, les managers banquets et le directeur banquets. Autour de nous, les services banquets, qui mettent en place les salles et se chargent de toute la partie technique (tables, chaises, projections, internet, etc.) ; les concierges événementiel, exclusivement des femmes, inspectrices des travaux finis doublées du bureau des doléances. Les organisateurs événementiels sont la source de notre travail : ils rapportent les sous, le business, et à nous de faire en sorte que tout se passe pour le mieux. Au-dessus de tout ce monde se trouve notre grand manitou et directeur événementiel, Monsieur Powell.

Ce jour-là, j'allais être au chaînon le plus bas, donc équipier banquets. Ma capitaine se prénommait Dana, une Noire Américaine petite et trapue qui me faisait étrangement penser au docteur Bailey dans *Grey's Anatomy*. De plus, elle en avait le caractère : adorable, mais dure. Elle me donne un t-shirt informe «*BQS team*» (*Banquets services team*), des gants :

– Va travailler avec Mark.

C'est qui, Mark? Mark, c'est un Irlandais, J1 comme moi, mais qui est passé au statut de capitaine... Ça montre que l'on peut évoluer, ça me rassure. Pour moi qui avais toujours travaillé dans un bureau face à un écran d'ordinateur, on peut dire que le changement a été radical. Mark m'explique qu'il y a un bal de promo pour 450 personnes et qu'il est fort probable que je ne finisse pas avant 2 heures du matin avec une pause d'une demi-heure. Il faut... remplir les verres de glace pilée avec une rondelle de citron dans chacun. Un long travail à la chaîne, on pousse, on crie, on porte.

Les 500 verres finis – il en faut plus au cas où – on me renvoie chez Dana pour les corbeilles à pain. C'est Marta qui me montrera comment plier les serviettes et présenter tout ça joliment dans la belle corbeille en métal brillant. La tâche est moins frénétique et plus minutieuse, ce qui laisse le temps de parler un peu. Je prends le temps de jauger l'atmosphère de l'arrière-salle, ça chantonne, ça rigole, ça blague. Dana ne manque pas de me présenter à chaque nouvelle tête qui passe. Les Américains trouvent le français très chic, ils blaguent et essaient de formuler des phrases en français avec un fort accent patate chaude. Comme je l'écrivais plus haut, les noirs américains remarquent vite que je ne suis pas de là-bas. Et comme mon accent français n'est pas très marqué, on pense que je suis de la Jamaïque ou des îles. Je reçois beaucoup de remarques sur mon grain de peau : « Superbe couleur ! » Remarque que je trouve assez étrange, d'ailleurs. Certaines Américaines me demandent si j'utilise un produit particulier...

Je tente de discuter avec Marta, une Roumaine de près de cinquante ans, petite et énergique, qui ne parle presque pas anglais. Elle ne forme pas de phrases entières, mais on la comprend. Arrachée de sa terre natale pour suivre son mari dans l'eldorado américain. Au travail, elle est très efficace, travaille vite, bien. Pointilleuse, très gentille, mais triste. Sa tristesse apparaît dès qu'elle n'est plus frénétiquement occupée ; une certaine lassitude se dégage d'elle. Ce n'est pas la vie qu'elle aurait voulue.

Les tâches minutieuses finies, il faut aller à la station *breakdown*, c'est-à-dire l'endroit où on se charge de mâcher le travail des plongeurs : vider les assiettes, les verres, bref, ramasser la merde des autres. C'est du travail à la chaîne, abêtissant. Les serveurs (le grade supérieur) ramènent des plateaux remplis de tout ce qu'ils ont ramassé, et nous, on vide tout ça, et rapidement, parce qu'il faut faire de la place pour les suivants. Ça n'arrête pas, et en plus, il faut prendre soin de tout séparer, fourchettes, couteaux, cuillères, assiettes carrées, rondes, verres à vin rouge, blanc, à eau, etc., etc.

J'exécute, j'ai mal au dos, aux bras, aux pieds, les larmes me montent, mais je ne pleure pas. Marta ne dit plus rien. On travaille au rythme de la musique de la fête. Je pense à Charlie Chaplin et ses *Temps modernes*.

Au bout d'une heure et demie, tout redevient calme. Le dîner est fini, place à la danse et au bar. Marta sourit, et me dit de la suivre dans la salle. Ah ! Les bals de promo à l'américaine, robes de princesses pour les filles, costards trois-pièces pour les garçons. La salle est magnifique, décorée aux couleurs de l'Université, du violet, du blanc, c'est digne d'un mariage de luxe. Les salles de bal sont dotées de lustres en cristal. Pendant quelques minutes de répit, ma déception fait place à l'émerveillement.

Les serveurs J1 reviennent petit à petit dans l'arrière-salle, en dansant, en rigolant. La plupart se présentent à moi. On prend notre pause-repas ensemble. L'équipe de ce soir est originaire de Chine, des Pays-Bas (ils parlent un anglais irréprochable) et de Roumanie. Ils ont l'air d'une petite famille, les blagues fusent, les fous rires aussi, ils m'intègrent assez rapidement, proposent de l'aide pour mon installation, et, bien sûr, de participer à leurs nombreuses fêtes. Je me sens beaucoup plus apaisée.

Minuit, horreur, le bal se termine, et les équipiers banquets, dont je fais désormais partie, doivent tout nettoyer, descendre les monstrueuses poubelles, le linge sale, laver le sol, ranger la réserve, et commencer la « prép » pour le lendemain. J'étais de corvée « découpage de citrons ». Je me sentais comme une Cendrillon, passée d'un master marketing... à ça ! Les dernières serveuses roumaines me disent au revoir en essayant de me rassurer. « On sait que ce n'est pas facile de voyager toute seule, ne t'inquiète pas, on va prendre soin de toi. Tu passeras chez nous, tu viendras à nos soirées, ça va être fun, surtout quand tu deviendras serveuse. »

2 h 30 du matin, je remonte dans ma chambre d'hôtel, lessivée. Je commence à 14 heures le lendemain, je pourrais dormir. Je m'assois sur mon lit, les yeux grand ouverts, essayant de comprendre ce qui vient d'arriver. Je ne suis plus triste, je ne suis plus déçue. Je suis étonnée. Je souris en me disant : « Je vais en baver. » Je n'ai jamais aimé la facilité. *No pain no gain.* Tout mon for intérieur me dit de faire confiance à l'ordre naturel des choses.

First steps

J'ai pu constater dans ce milieu hôtelier américain que parler anglais n'était pas une condition *sine qua non* pour être embauché. Beaucoup de latinos sont là pour les boulots ingrats, du genre faire les poubelles ou les chambres. Force est de constater, malgré tout, que les Américains sont moins réticents à mettre des personnes « de couleur » sur des postes de management. C'est une des premières choses que j'ai remarquée. La France a encore du chemin à faire sur ce point.

Une de mes amies me disait toujours : « Tout est une question d'habitude. » L'être humain a des facultés d'adaptation que lui-même ne soupçonne pas. Une semaine s'était écoulée depuis mon premier jour, et deux Brésiliens m'avaient rejointe dans la *BQS team*. Rafael, de mon âge, qui parlait un très bon français, et Thailla, vingt-huit ans. Nous nous sommes vite liés d'amitié en tant que compagnons d'infortune. Ils avaient signé pour six mois. Tous les deux parlaient de la France et de Paris comme d'un rêve enchanté. Leur vie au Brésil n'était pas simple. Particulièrement pour Thailla, qui se saignait aux quatre veines depuis deux ans aux États-Unis pour subvenir aux besoins de sa mère malade (j'apprendrai quelques années plus tard le décès de sa mère). Avec eux, Marta et mes capitaines, ça rendait le travail beaucoup moins pénible.

Sandeep, le capitaine du soir, indien. Les premiers jours ont été difficiles au niveau de la communication, avec son accent à couper au couteau. Et pourtant, je suis grande amatrice de Bollywood, mais ça a été très dur de s'y habituer dans la réalité. Sandeep est un *workaholic*, et, pour avoir travaillé avec beaucoup d'Indiens par la suite, je dirais que c'est une de leurs caractéristiques. Il pouvait faire 70 à 80 heures par semaine sans se plaindre, tout excité de voir combien ça lui rapportait. J'adorais travailler avec lui, sauf qu'il était expert en rallongement des heures de travail. Avec nos emplois du temps, en banquets, on connaît l'heure de début du *shift*, mais jamais la fin. Il n'était pas rare de finir à 3 heures du matin.

J'étais toujours hébergée à l'hôtel. N'empêche, les *shifts* du matin ont été très durs. Commencer à 5 heures du matin devrait être interdit ! On a les yeux qui piquent, on ne sait plus comment on s'appelle, la fatigue nous rend très sensibles et moins enclins à réfléchir. Même si on ne peut pas dire qu'équipier banquets est un job qui demande de sortir de Saint-Cyr.

Dana était toujours la capitaine du matin. Contrairement à moi, elle pétait la forme et ne me laissait pas le temps d'émerger. Toujours scotchée à sa radio pour checker avec la cuisine La radio était l'élément de communication indispensable du service événementiel et de la cuisine. Ça faisait gagner du temps. J'ai dû donc apprendre quelques codes pour communiquer correctement. Par exemple, il fallait savoir que « Quel était mon 20 ? » demandait ma position, « 10-4 » signifiait « message reçu et fin de transmission », ou que « 86 » indiquait une rupture de stock.

Dès que Dana me voyait, « *chop chop* » (dépêche-toi), il fallait mettre en place les stations *breakdown*. Ah ? Jusqu'ici, j'avais échappé à cette tâche en faisant les *shifts* du soir. Elle me montrait une fois et j'assimilais. Au final, j'ai appris à aimer cette tâche, car cela me laissait le temps d'émerger toute seule dans mon coin et de prendre mon temps avant que la frénésie commence. Il fallait mettre en place les poubelles géantes, les tables, le monstre en métal roulant qui servait de débarras et les bacs à savon pour la séparation des couverts. C'est en remplissant mes bacs à savon d'eau que je finissais ma nuit (ça prenait trois plombes à se remplir), en ignorant les dernières souris qui se faufilaient avant le lever du jour.

Un matin où j'étais encore épuisée de la veille, Miguel est apparu en me disant : « Bah alors, on t'attend ! » C'était ma journée d'orientation, ou journée lavage de cerveau. Ça allait durer deux jours. J'étais bien contente d'avoir un peu de répit et de pouvoir m'asseoir toute la journée. Sauf que... on m'a réquisitionnée à la fin du deuxième jour pour rejoindre la *BQS team* pour un gros événement. Une journée de quatorze heures.

Les journées d'orientation étaient faites pour que les nouveaux arrivants encaissent toute l'histoire de l'entreprise, ses valeurs et ses codes sous forme de jeux d'équipes et de quiz. Pour ma part, connaître l'histoire de mon entreprise, je trouvais cela très intéressant. Ce qui me dérangeait, c'était qu'on veuille m'intégrer dans une « famille ». C'est peut-être mon côté français qui a pris le dessus, mais je refusais catégoriquement d'apprendre par cœur les vingt codes de valeurs de l'hôtel et qu'on me dise que, maintenant que j'avais intégré la famille « *Carillion* », je devais en être fière et qu'elle m'apporterait tout ce que je voudrais si je travaillais dur pour elle. Non !

Je ne vais pas fondre mon existence dans mon entreprise. Je ferai du très bon travail, mais après le travail, l'entreprise n'existe plus.

Au bout de trois semaines de bons et loyaux services, il était temps de passer au niveau supérieur. Rafael avait décrété que les banquets, ce n'était pas fait pour lui, et s'était fait transférer à la réception. En parallèle, je recherchais désespérément un logement digne de ce nom, pas très loin de l'hôtel car je n'étais pas véhiculée. Les deux semaines de logement accordées par l'hôtel étaient largement dépassées, ce qui m'angoissait. Un des managers m'avait toutefois dit de ne pas m'inquiéter, car ils ne pouvaient pas me mettre à la rue.

Un soir, alors que je rentrais des courses, un vigile m'a suivie alors que j'allais prendre l'ascenseur. « Ça y est, je suis à la rue ! » pensais-je. Puis, d'un grand sourire, il s'est adressé à moi dans un français parfait : « Hé, c'est toi la Française qui vient d'arriver ? » Ouf ! Pierre s'est présenté en m'expliquant qu'il était aussi français, marié à une Américaine, et qu'une fille de la réception, Céline, était également française. Nous étions toutes les deux invitées à dîner chez eux le lendemain. Ce fut une super soirée. Nous sommes devenus bons amis après cela. Sa femme parlait parfaitement français, avec un charmant accent américain ; une belle histoire d'amour ! L'erreur fatale, pourtant, c'est de ne traîner qu'avec des Français quand on est à l'étranger. Je dois admettre que ça m'a fait du bien de parler français après tout ce temps. Oui, trois semaines, c'est long : même en maîtrisant une langue étrangère, il manque les subtilités des mots, des expressions de sa langue natale.

J'en reviens au travail et à la deuxième partie de ma formation : devenir serveuse. Je troque donc mon t-shirt pour une veste au logo de l'hôtel, et on me jette sans crier gare dans la fosse aux lions. J'exagère ? *5.30 am*, petit-déjeuner d'affaires en format buffet, deux cents participants. Les Américains sont des lève-tôt, dès 6 h 30, tout pimpants, la pêche, prêts à attaquer le bacon, les œufs et les *potatoes*. Un *breakfast sandwich* ? Aujourd'hui, j'observerai la mise en place et aiderai à débarrasser les tables. Les serveurs sont toujours divisés en équipe et répartis par zone dans les grandes salles.

Luong est mon partenaire du jour. Ça fait sept mois qu'il est là, il vient de Chine, il est grand, svelte, très mignon, et, sans entrer dans les détails, très bon masseur. Il me dit : « C'est facile, prends un plateau et ramasse les assiettes vides. » Luong m'a aussi présenté Mei Li, une collègue chinoise avec qui l'amitié s'est créée instantanément. En règle générale, je m'entends très bien avec les Asiatiques. Leur culture me fascine. Eux me disaient que les Asiatiques et les Africains ont des atomes crochus parce que nous avons des valeurs similaires.

Luong en avait ras le bol de son stage. Diplômé comme moi d'une école de management, il pensait évoluer plus rapidement vers d'autres sphères. Le minimum, c'était de devenir *team lead* (chef de rang). Le grade le plus haut de notre training, officiellement, c'était capitaine banquets. Place théoriquement acquise au mérite, mais la réalité était tout autre. J'y reviendrai. L'hôtel proposait en plus un *Management Program*, diplôme qui devait permettre, à la longue, de monter en grade plus rapidement au sein de la chaîne. Programme duquel Luong a été exclu. Faute de place, ou autre raison ? « Assure-toi d'entrer dans ce programme, c'est le seul truc intéressant de ce stage. Je l'attendais, et on m'a dit non, je pense que je vais bientôt retourner en Chine. » On ne lui avait même jamais proposé d'être *team lead* après sept mois de stage, chose qui le peinait profondément, et moi aussi. Luong était très cartésien, très intelligent et déférent, parfaitement capable de gérer une équipe de serveurs pendant le service. Il pensait que les managers ne faisaient pas confiance à son niveau d'anglais. Arriva ce qui devait arriver : il est reparti en Chine deux semaines plus tard.

Ce sont les Roumaines, les Indiens et les Néerlandais qui ont été chargés de mon « éducation ». Avec des méthodes différentes. Je me sens obligée de dire que j'avais de grands a priori concernant les Roumaines, que j'apparentais aux gitanes qu'on avait sur Paris. Je leur ai expliqué cela en douceur et elles ont ri en me disant que même chez elles, il y avait un fossé entre les gitans et les autres. Elles étaient des jeunes filles européennes au même titre que moi.

Les Roumaines, maternelles et protectrices, les Néerlandais, sur le ton de la déconnade, et les Indiens, sur celui de la rigueur. Dans un de mes premiers services, je devais travailler seule avec Rajesh pour un petit-déjeuner de vingt personnes. Je suis arrivée après lui et il m'a accueillie sans un bonjour : « Si tu ne prends pas ton job au sérieux, tu n'avanceras jamais. » Ça promettait. Être serveur, c'est le meilleur moyen de se faire les bras. Les assiettes sont lourdes, chacun sa technique pour porter les plateaux d'un bras sans se casser le dos. Les premiers jours ont été désastreux, je ne sais pas combien de verres et d'assiettes j'ai cassés. La seule fois où je me suis plainte d'avoir mal au bras (il avait quand même doublé de volume !), on m'a répondu : « Tu t'y habitueras. » Pas le choix, j'ai pris l'habitude. J'avais aussi des conflits de vocabulaire. Par exemple, j'ai eu du mal à intégrer que l'*entrée* était le plat principal, dans leur jargon.

Thailla et moi essayions au maximum de travailler dans les mêmes événements. On était devenues assez proches. Comme pour moi, ses débuts ont été durs. Un jour, elle a renversé de la sauce bolognaise sur la chemise blanche d'un client ; elle avait tellement honte qu'elle ne voulait plus retourner en salle. Une fois, j'ai renversé du lait sur la mallette d'un homme juste avant que sa réunion commence. S'il avait pu me foudroyer à l'instant, il l'aurait fait.

Hors contacts clients, il a bien sûr fallu apprendre à dresser et servir les tables façon restaurant de luxe. On sert par la droite et on débarrasse à gauche, Adama, voyons ! Et les femmes d'abord ! Combien de cuillères, fourchettes, verres et couteaux différents allait-on me sortir ? Pourquoi les couverts en argent sont-ils si lourds ? Pourquoi faut-il les polir tous les jours ? Comment plier une serviette en forme de lotus, d'oiseau ? À quelle distance des couverts doivent être les verres à vin ? À combien de millimètres du couteau faut-il placer les verres à eau ? Et s'il y a du thé glacé en plus ? La cuillère à thé est-elle au-dessus ou au-dessous de la fourchette à dessert ? Pourquoi on sert le vin avec une serviette sur le bras gauche et des gants blancs ? En tout cas, on ne devait pas faire goûter le vin aux clients. Que connaît un Américain du bon vin de toute façon (boum, attaque raciste) ? En plus de la pratique, nous avons eu un séminaire et un examen pour confirmer notre niveau. L'excellence et l'attention au détail étaient les maîtres-mots.

Début juin, c'est une flopée de latinos qui a rejoint nos teams – Puerto Rico et la République Dominicaine ont envahi nos équipes pour une ambiance *caliente* – suivis de deux Philippins et d'une

Irlandaise. Ils ont tous reçu une formation accélérée d'équipier banquets, car la période très chargée de l'hôtel arrivait, avec mariages, « *Prom* » et congrès en tout genre. Dans le groupe des latinos, j'avais repéré Natalia, une Portoricaine. Elle était de ces personnes qui apparaissent juste comme une évidence. Lorsque je l'ai vue dans ce groupe de nouveaux venus, c'était devenu une obsession. D'une, elle ressemblait comme deux gouttes d'eau à ma prof de danse à Paris : teint mat, longs cheveux noirs et bouclés, grands yeux curieux. De deux, son aura m'attirait. Je l'ai abordée à la fin d'un service, elle avait l'air perdue. Elle avait un niveau d'anglais qui se situait entre débutant et intermédiaire, et je suis vite devenue son dictionnaire sur pattes. Au-delà de ça, notre passion pour les cultures étrangères et les voyages nous a liées d'amitié, et elle adorait le fait que je parle italien. Quand je n'arrivais pas à lui expliquer un mot en anglais, je le disais en italien ou en français pour qu'elle fasse le rapprochement avec l'espagnol. Super système D !

Dans le flot de personnes qui me faisaient venir avec le sourire au travail, il y avait Devon, mon futur coloc, adorable métis américain, son nouvel acolyte Bruno, le Philippin monté sur pile électrique, et Mus, le Libano-Portoricain, clown du service.

Après un mois de stage, enfin une sorte de vitesse de croisière s'était installée.

Home sweet home

Mi-juin 2009. Ma vie sociale commençait à prendre forme. Je traînais beaucoup avec les réceptionnistes également, Céline, la Française, en faisait partie. Avec elle, si on a accroché direct, ce n'était pas forcément parce qu'on était françaises, mais on avait toutes les deux un caractère « je-m'en-foutiste » très similaire. Dans les filles de la réception, il y avait aussi Irem la Turque, Johanna la Jamaïcaine, Sally l'Américaine, Maria la Mexicaine et Tania la Grecque.

Je commençais à me lasser de la vie de château. Je voulais mon chez-moi, pouvoir faire la cuisine, le ménage, avoir ma propre décoration, inviter des gens, etc. Ce n'était pas difficile de trouver un logement, mais sans voiture, il me fallait un appartement près du travail. Aussi, bien que l'on ne me le disait pas directement, je sentais qu'il était temps de partir de l'hôtel. On me faisait souvent changer de chambre, ma clé devait être renouvelée tous les jours et ça devenait embarrassant d'être à la porte tous les soirs et de devoir retourner à la réception pour accéder à ma chambre. Irem m'a rassurée en me disant qu'au pire, si on me jetait, elle m'accueillerait dans son appartement.

Dans ma recherche active de logement, j'ai constaté que les Américains ne demandent pas un millier de garanties pour pouvoir louer un appartement. Il faut soit avoir un travail, soit être étudiant (avec un prêt étudiant). Pas besoin de monter un dossier relatant toute votre vie et vos trois dernières fiches de salaire, comme en France. Je pense que les Américains réfléchissent très simplement : si vous ne payez pas, c'est la porte, affaire classée. Les Américains utilisaient beaucoup le site Craigslist pour les petites annonces en tout genre, et il était facile de trouver quelqu'un qui voulait sous-louer une chambre, par exemple. J'ai donc eu l'occasion de visiter différents logements avant de trouver la perle rare.

Comme partout, ne pas se fier aux photos et attention aux *scams*... Je me suis retrouvée dans des quartiers coupe-gorge, à visiter des taudis qui paraissaient honorables sur le site. J'ai visité une très jolie chambre dans une maison où le proprio avait une aura de violeur de jeunes filles, et certains sur le site ne cachaient même pas rechercher des minettes pour leur tenir compagnie en échange du gîte. Enfin, avec un minimum de jugeote, on finit par trouver ce qu'on veut.

C'est pendant cette petite quête que j'ai fait face à mon premier cas de racisme déclaré. Je pars visiter une chambre dans une maison du quartier de Federal Hill, de l'autre côté du Inner Harbor. C'est assez loin du travail, mais c'est un joli quartier. La jeune femme recherche une colocataire, mais, quand elle me voit arriver, je sens que quelque chose ne va pas. Une autre fille, caucasienne, vient de visiter l'appartement ; je me dis donc qu'il est déjà pris. La jeune femme, très sympa, me fait visiter, me propose un thé, on discute. Elle finit par me dire, en prenant des pincettes que, bien évidemment, elle n'a aucun problème avec ma couleur de peau, mais que le quartier de Federal Hill est un quartier de Blancs et qu'elle a peur que je me fasse embêter si j'emménage là. En repartant, je me suis rendu compte que j'avais plus été touchée par ce qu'elle avait dit que je ne le pensais. Je marchais dans le quartier en mode parano, m'attendant à entendre des remarques racistes, à subir de mauvais regards (et il y en a eu) ; j'étais très mal à l'aise. Je n'y suis jamais retournée toute seule.

Mi-juin, j'ai fini par trouver un appartement dans le quartier de Fell's Point, à quinze minutes à pied du travail. Une Chinoise recherchait une colocataire, et je pense qu'elle a été influencée par le fait que je sois française. On s'est très bien entendues. L'appartement n'était pas meublé, mais, aux États-Unis, il est courant de trouver des appartements où la cuisine est déjà équipée d'un four, d'un frigo, d'un lave-vaisselle et d'une cuisinière. Nous avions aussi la chance d'avoir un lave-linge et un sèche-linge. Ça simplifiait l'aménagement. Pour les meubles de ma chambre, un collègue malien-américain s'était proposé de m'emmener chez Ikea et de monter les meubles avec son frère, qui était venu lui rendre visite du Mali. Il avait étudié cinq ans en Chine lorsqu'il était plus jeune, et parlait couramment mandarin. J'ai eu un sacré fou rire le jour où il est venu m'aider. Ma coloc était venue à notre rencontre, et il s'est mis à lui demander, dans un mandarin parfait, si elle avait des outils. Elle était tellement surprise qu'elle n'a pas pu répondre de façon intelligible !

J'étais enfin installée dans mon appartement, avec un sentiment de liberté et d'indépendance sans pareil. *Livin' the American Life* ! Il y avait un Burger King à cinq minutes à pied, le meilleur moyen de grossir. Bien sûr, Ming, ma coloc, s'est empressée d'instaurer un million de règles pour vivre en communauté. Entre autres : les plannings ménage, poubelle, lessive, ne pas fumer, pas d'alcool, ne pas faire la fête car elle voulait du calme et ne faisait jamais la fête, ne pas ramener trop de copines à la maison (idéalement, une à la fois), et surtout jamais d'hommes ! Je payais certes un loyer, mais c'était elle qui avait signé le bail et son travail lui permettait de payer le loyer sans difficultés si jamais elle décidait de se passer de moi. Liberté, *my ass* ! À part ça, elle était plutôt sympathique. Avec mes horaires décalés, on ne se voyait pas assez souvent pour pouvoir clasher. Mes visites, je les organisais lorsqu'elle partait en week-end chez son petit copain à Washington DC. Une troisième coloc est arrivée peu après moi. Une Américaine venant d'Alaska et qui cherchait à percer dans la musique. Elle a apporté une ambiance plus conviviale. Du coup, on se faisait des soirées filles quand j'étais dispo, au lieu de s'enfermer chacune dans nos chambres comme auparavant.

Summer suprises

Fin juin 2009. Michael Jackson était mort et on l'entendait partout, radio, télé, travail, rue, caves et égouts. Certains de mes collègues étaient très affectés par la disparition du roi de la pop. Moi, j'étais dans le déni complet. Il n'est pas mort, point.

Je faisais définitivement partie de l'équipe de serveurs, fini les poubelles ! Je maîtrisais les *coffee breaks*, les *wedding tastings*, le service synchronisé, le service à la carte, la mise en place des buffets. Que de la formation sur le tas. Les managers nous avaient conseillé de travailler le plus de triples *shifts* possible pour banquer, car l'été allait être plutôt calme. Pendant cette période, les « trente-cinq heures » me paraissaient ridicules. On disait que ce serait pire après l'été. À ma grande surprise, l'été était donc la période la plus calme de l'hôtel. Du moins, pour les banquets. Thailla et moi étions en rogne parce qu'on se disait qu'on n'avait pas assez d'heures de travail, et qu'on n'avait aucune idée de la manière dont on allait payer notre loyer de juillet. Je venais d'emménager dans mon nouvel appart, avec la caution et tout ça, c'était régime pâtes assuré.

Ma sœur, en J1 à Detroit, m'a alors invitée à la rejoindre avec ses amies pour un trip à Miami. Je parle de ma grande sœur, Dia, ingénieure automobile, elle est arrivée quelques mois plus tôt aux US pour faire un VIE.

Étant donné que je suis une adepte du « foutu pour foutu », je me suis dit : « Quitte à être fauchée, autant l'être jusqu'au bout ! » Je propose à Céline de me suivre pour ce week-end prolongé à Miami. Elle est comme moi et saute sur l'occasion. Les vols internes aux US sont à des prix raisonnables, et on pouvait profiter des « réductions employés » de l'hôtel. Que du bénef ! On s'est pris à la dernière minute un vol pour Orlando, persuadées que c'était tout près de Miami. « Deux heures en bus ! » nous avait-on dit. Eh non... en fait, c'était six heures. *Dammit* !

En plus, allez savoir pourquoi, l'avion devait faire escale à Charlotte. On arrive à l'aéroport BWI de Baltimore, fatiguées par une courte nuit et appréhendant la longue journée qui nous attend. Au moment d'embarquer, le steward prend nos passeports et nous dit de nous mettre sur le côté. « Euh ? Mais qu'est-ce qu'on a fait ? » On regarde tout le monde passer, et la porte d'embarquement se referme sans nous ! Le steward revient en souriant devant nos mines décomposées : « Bonne nouvelle, il nous reste deux sièges sur un vol direct pour Orlando ! » Hop ! Trois heures de gagnées.

Nous arrivons donc à Orlando, on se débrouille pour trouver la station de bus *Greyhound* qui doit nous emmener à Miami. En deux heures, on est passé du port de Baltimore aux cocotiers d'Orlando. Le temps est chaud et très humide, la station *Greyhound* est dans un trou perdu. Avec Céline, on sort de la station pour s'acheter de l'eau à la boutique du coin, et un homme s'approche de nous pour nous proposer de la *weed*. C'est cool, mais on s'en passera volontiers. De retour à la station, un guichetier nous conseille de ne pas sortir avant que le bus arrive : « C'est dangereux par ici ! » Il aurait pu le dire plus tôt.

Après six heures de trajet, le bus nous dépose

vers 22 heures à la station de Miami, qui se trouve tout près de l'aéroport. C'est-à-dire... qu'il n'y a rien autour ! Les autres voyageurs, apparemment au courant, n'ont pas de problème : on est venu les chercher. Le bus repart et nous laisse, Céline et moi, désorientées. « Comment on rejoint l'hôtel ? » On commence à marcher dans l'espoir de trouver un taxi, les avions nous passent au-dessus de la tête de si près... Impressionnant. On n'avait pas réfléchi aux problèmes de logistique, vu qu'en France, dans les grandes villes du moins, il suffit de claquer des doigts pour trouver un bus, un train, un métro, c'est beaucoup plus simple. Mais ici, tout le monde conduit. Céline voit de la lumière : « C'est un taxi ! » Elle saute en l'air, fait des signes. La voiture s'arrête. C'est la police.

C'est donc un charmant policier de Miami qui a eu la gentillesse de nous conduire au terminal de l'aéroport pour que la navette de l'hôtel vienne nous chercher. On avait l'air fines, mais lui, ça l'a fait bien rire ! Ma sœur et ses amies sont arrivées vers 1 heure du matin et on devait se lever aux aurores, car quatre heures de route nous attendaient le lendemain, direction Key West !

Difficile de ne pas aimer la Floride. Paysages paradisiaques et cocotiers, et l'ambiance américaine nous imprègne. Un mélange d'airs latinos, de nonchalance à la Bob Marley, ça respire la liberté, le fun, la quiétude et le je-m'en-foutisme. Inutile de préciser qu'on a fini sur la plage, à siroter une *frozen pina colada*. C'est le genre d'endroits dont on n'a jamais envie de repartir.

On devait repartir plus tôt que ma sœur et ses copines. Après un passage – obligatoire *of course* – à Miami Beach, on était à Orlando le soir du 4 juillet, *Independence Day*. Céline s'était débrouillée pour qu'on reste dans un de « nos » hôtels du centre-ville. On était à dix minutes à pied du feu d'artifice. Toujours la même ambiance légère, une bière, une chaise, et un magnifique feu d'artifice sur le lac. On n'aurait pas rêvé mieux avant de reprendre l'avion.

Difficile retour à Baltimore après quelques jours de pur bonheur. Ce n'est pas que je n'aime pas cette ville, mais il faut avouer que, comme destination d'été, il y a plus sexy. C'est plus une destination de business, parce que c'est un bon point stratégique. C'est près de Washington DC, à trois heures de New York, les croisières partent de son port, et pour les fans de football américain, c'est le berceau des Ravens. N'oublions pas John-Hopkins Hospital, où Mohamed Al Fayed vient se faire soigner. Dans le fond, ça a tout le confort d'une grande ville, mais on a vite fait le tour.

19 juillet 2009. Deux semaines depuis mon retour, le peu d'heures au travail ne me motive pas beaucoup et je commence à dépérir. Ouf ! J'arrive et je vois deux collègues irlandais tout excités devant le tableau des emplois du temps. Ça y est, le business reprend, je vais pouvoir renflouer mes caisses. Mieux que ça, l'hôtel est heureux de nous annoncer la venue de l'équipe du Milan AC dans deux jours. Et bien sûr, les banquets les accueilleront pour leurs repas et réunions. Le Milan AC à Baltimore, *are you kidding me* ? Toujours la dernière au courant, j'apprends qu'un match amical a été organisé entre le Milan AC et le Chelsea FC au M & T Bank Stadium (celui des Ravens). 71 000 places, toutes vendues. Chelsea devait aussi séjourner chez nous, mais, pour des raisons évidentes de sécurité et de stratégie, ils ont choisi le Hilton plus loin. Je ne suis pas une grande connaisseuse de football, mais je connais mes classiques. En 2009, le Milan AC possédait une belle brochette de stars, Ronaldinho, Pato, Seedorf, Gattuso, et j'en passe. Je n'étais pas bien au courant du Chelsea FC, mais une chose était certaine, c'est que David Beckham avait fait le déplacement et jouerait avec eux.

Après cette nouvelle de ouf, le tout était de savoir qui, des serveurs banquets, travaillerait durant cet événement. Étant la seule à parler italien, j'étais persuadée d'en faire partie, rien que par principe. Eh bien non, mon nom n'apparaissait pas. Je clamais haut et fort : « Mais c'est une blague, c'est le Milan AC, moi, tellement fan de l'Italie, et qui parle italien en plus, ils sont fous ! »

J'arrive le matin du 21 juillet, la mort dans l'âme, pour un *wedding tasting*. Je sais que le Milan AC arrive à 21 heures et que, si je faisais partie de l'équipe de serveurs, je finirais tard et me lèverais très tôt, mais faut pas être fou, il y en a qui paieraient cher pour voir Ronaldinho de si près. En mode zombie, j'ai suivi Miss Juliette (capitaine spécialiste des *wedding tastings*, et fan de Jésus-Christ) dans la salle de bal du rez-de-chaussée. Un charmant couple américano-grec et leurs parents venaient tester et choisir les plats qui seraient servis à leur mariage, le vin, ainsi que la couleur du linge et la forme des serviettes. D'ailleurs, c'est Miss Juliette qui m'a appris à plier les serviettes en forme de cygne entre deux tentatives de conversion au protestantisme. Pour qu'elle me fiche la paix, j'ai promis de la suivre au culte de dimanche.

Les *wedding tastings* étaient l'occasion de travailler avec les *wedding planners* de l'hôtel. Ma préférée était là, Wendy, une blondinette toute menue, extrêmement gentille. Mais surtout, elle comprenait et respectait très bien l'intérêt des sous-fifres (nous). Je ne suis pas pro-mariage, mais j'aimais bien travailler pour ce genre d'événements. C'était calme, ambiance décontractée (la fiancée n'est pas trop en mode *bitch* à ce stade), et très élégant.

Vers 14 heures, après avoir tout rangé, je m'apprête à partir et repasse par le bureau de Jayant, capitaine banquets senior du jour, pour je ne sais plus trop quoi, rendre des clés ou autre. Il me regarde, me demande si je travaille ce soir. Je dis que non. « Très bien, viens à 18 heures. » Je ressors sans trop comprendre ce qui vient de se passer et tombe sur Thailla, complètement hystérique : « Hé ! Tu viens à 18 heures ? Moi aussi, c'est pour le Milan AC ! »

Tout le troisième étage banquets leur est réservé, plus un étage complet de l'hôtel, et gardes du corps vingt-quatre heures sur vingt-quatre. Interdiction de laisser qui que ce soit s'approcher des salles, interdiction de demander un autographe ou de prendre des photos. Je comprends, ils sont là pour être tranquilles, à nous de respecter cela. Mais ça fait quand même un drôle de choc de se dire que dans quelques heures, on sera nez à nez avec de grosses pointures du football. Pour une Brésilienne et une Française, c'est juste énorme ! Mon ami Pierre, le vigile français, me confie que le manager de l'équipe a interdit les femmes à l'étage des joueurs. Même les femmes de ménage n'y ont pas accès. Elles doivent passer quand ils ne sont pas là. C'est qu'ils ont une sacrée réputation, les footballeurs ; qui plus est, italiens. En gros, les serveuses étaient les seules filles autorisées à les approcher. Chanceuses !

Le banquet, c'est en général fastidieux. La préparation et le rangement, c'est physiquement épuisant et répondre aux demandes incessantes, psychologiquement éreintant. Mais l'équipe avait choisi le format buffet, donc ils se serviraient eux-mêmes. Toutefois, les cuisiniers avaient la pression. Désolée les Américains, mais votre cuisine n'est pas de taille face à un chef italien ! Le cuisinier de l'équipe, arrivé en avance avec le manager, essayait tant bien que mal de se coordonner avec le chef de l'hôtel. Le pauvre, quand je l'ai vu en arrière-salle, voulait s'arracher les cheveux. Les pâtes, ça n'allait pas, le menu du petit-déjeuner, ça n'allait pas, les desserts, ça n'allait pas. « *What is this pie ? This is shit!* » (pensez accent italien) Le chef italien avait même apporté ses propres huiles d'Italie, etc., etc. Une des capitaines banquets est venue voir les Européens de l'équipe (quatre Roumaines, un Irlandais, un Néerlandais et moi-même) : « Ils veulent du Nutella pour le petit-déjeuner, c'est quoi ? » C'est quoi ? Soupir. C'est pas grave, t'es américaine, on t'en tiendra pas rigueur. Déjà que vous n'avez pas de Kinder… Inadmissible ! Bref.

La pression monte, ils ont deux heures de retard, ils arrivent, nous devons nous mettre en place. Derrière les tables, droits comme des piquets, une main gantée derrière le dos, l'autre tenant une serviette, prêts à les accueillir, tout sourire.

Summer surprises, suite

Les joueurs ont tous leur importance, mais quand même, difficile de ne pas être impressionné par Ronaldinho et Pato. Ne pouvant exprimer notre excitation devant les joueurs, en arrière-salle, on devenait fous : « Qui a parlé à qui ? À qui on a assigné la table de Ronaldinho ? Ils sont gentils, non ? » Eh bien, je confirme, ils étaient adorables, ne se prenaient pas la tête. Pas un n'a rechigné sur la nourriture ou sur le service. Ils s'adressaient à nous poliment. Leur manager était celui qui chipotait, drôle de personnage assez imbu de lui-même.

Sur nos uniformes, on porte tous un badge avec notre nom et notre pays d'origine. Ça n'a pas loupé : Ronaldinho a parlé à Thailla la Brésilienne et lui a demandé son numéro de téléphone. Il a aussi remarqué mon badge et s'est rapidement adressé à moi dans un français quasi parfait :

– Bonsoir, alors tu viens de France ? De Paris ?

– Oui, plutôt de Nanterre.

– Oui, je connais, c'est à côté. J'ai joué au Paris-Saint-Germain, tu sais !

– Ah oui, oui, je le sais très bien !

Puis je repars avec mes assiettes. Et voilà, ça a duré quinze secondes, il s'en fout et ne s'en souviendra jamais. Pato était assis à côté de lui, tout sourire. Je les ai trouvés super polis, ils m'aidaient à ramasser les assiettes, toujours un petit mot gentil, toujours souriants. Ça paraît anodin, mais ils pèsent des millions, ils ont une vie et un talent de fou, et en fait ce sont des mecs tranquilles et sympas. Je pensais qu'ils auraient plus pris la grosse tête.

Footballeurs, Italiens, ils restaient assez conformes à leur réputation. Je ne suis ni mannequin, ni d'une beauté flagrante, mais rien ne les arrêtait. Ce n'est pas marqué sur mon front que je parle italien et ils ne se gênaient pas pour nous jauger. Je passais à la table d'autres footballeurs dont je connaissais les visages – mais pas les noms – pour les avoir vus à la télé, et j'entendais leurs conversations : «*Ma si, è bellissima, guarda !*» Bon, la première fois, je me suis dit que mon imagination me jouait des tours, la deuxième fois, ça passait, mais la troisième fois avec des regards insistants et certains qui pouffaient de rire : c'était bien de moi qu'on parlait. Si j'avais été blanche, je serais devenue toute rouge. J'ai fini par leur dire «*Parlo italiano*» avant de filer dans l'arrière-salle. La nouvelle a fait le tour de l'équipe ! Lorsque je suis revenue, à chaque table où je passais, on me parlait en italien, on me demandait des choses en italien, on blaguait.

Vers la fin du dîner, je remarque un joueur blond aux yeux bleus, aux cheveux plus longs que la moyenne, qui me regarde étrangement, avec de gros yeux. Je me dis, soit il a rarement vu de femmes noires, soit je lui ai tapé dans l'œil. Ce n'est pas que je n'ai pas confiance en moi, mais dans ces situations, on a l'impression d'être parano, donc je laisse tomber. Il est tard, leur entraîneur arrive, la plupart des joueurs sont remontés dans leur chambre. Puis l'entraîneur du Chelsea FC arrive, j'étais dans le coin et il me demande du café. En revenant, je l'entends dire que Beckham va passer dire bonjour, car certains des joueurs sont ses amis. L'entraîneur de l'AC me reluque et lance :

– You know, you arrre verrry beautiful!

– Thank you.

Et qu'on me laisse tranquille s'il vous plaît ! L'entraîneur de Chelsea me regarde en souriant, l'air de dire : « Fais pas attention ! » Et au moment où je dois partir, parce que c'était la fin du service (soit presque minuit) et que je devais revenir à 6 heures du matin, je sors de la salle par la porte arrière et David Beckham arrive par celle de devant. Je l'ai juste aperçu, il est venu s'installer à la table. J'aurais voulu de toutes mes forces retourner dans la salle, mais je n'avais rien à y faire, et l'un des vigiles est venu fermer à clé.

Sur l'emploi du temps du lendemain, on m'a mise aux petit-déjeuner et déjeuner. Je ne sais pas s'ils avaient fait la bringue, mais peu d'entre eux se sont présentés au petit-déjeuner. Ils avaient une réunion de stratégie avant le déjeuner et c'est là qu'on les a vus passer dans l'autre salle. Ronaldinho a traversé la pièce en jonglant avec son ballon, nous a dit bonjour et à tout à l'heure avec son grand sourire. C'est pendant le déjeuner que je retrouve mon italien blond et mystérieux. Ils mangent tous rapidement, car ils doivent partir pour l'entraînement. Le blond me demande un *espresso* (en italien bien sûr). Je discute avec le barista engagé pour l'occasion quand le manager de l'AC arrive devant moi, me reluque et lance : « *Wow, she's gorgeous* ». Importante ou pas, une personne qui s'adresse à moi en utilisant la troisième personne alors que je suis juste en face ne bénéficiera d'aucun égard. Je ne réponds pas, prends le café du blond et le lui apporte. C'est là que Lulia, une collègue roumaine, me tire vers elle et me dit : « Tu vois le blond ? Il ne te quitte pas des yeux. Je crois qu'il t'aime bien. » Ah ! Donc je ne suis pas parano. Malheureusement, je ne l'ai revu que sur le terrain le lendemain. On avait eu droit à des billets pour voir le match.

J'ai revu Thailla pour un bilan de ces jours de malades ! Il s'est avéré qu'elle s'était trompée en donnant son numéro à Ronaldinho. Et moi, je n'ai pas pu en savoir plus sur ce mystérieux admirateur. C'était bien comme ça. Ils ont des filles en claquant des doigts, ils vont repartir et complètement zapper ce passage à Baltimore sans savoir qu'ils ont laissé un joli souvenir dans la vie de deux petites minettes.

Un mois plus tard, place au football américain. 23 août 2009, 7 heures du matin. Je suis affectée aux *coffee breaks*, et chargée de former une nouvelle Portoricaine, Aurora. Je déteste les *coffee breaks*. On s'ennuie, mais c'est plutôt court : à 12 heures, je serai rentrée chez moi, puisqu'il n'y a pas beaucoup d'activité à l'hôtel. Encore une fois, je n'étais pas au courant de ce qui se passait, et Miss Juliette, capitaine du jour, m'annonce tranquillement : « Ça devrait être tranquille aujourd'hui, tu es affectée à la salle de massage des New York Jets. » Ah ! C'est pour ça que tous les collègues américains étaient surexcités en arrivant ce matin. Alors moi qui n'y connais rien au football américain, aucune émotion vive à cette annonce ! Règles du jour : garder la porte fermée, garder la clé, remplir le frigo de *Gatorade* (boisson énergétique) de toutes les couleurs et d'eau, et ne laisser personne s'approcher, à part les joueurs bien sûr.

Vers 8 heures, j'entre toute seule dans la salle de massage pour voir ce qui manque. Et là, il faut imaginer le loup de Tex Avery avec la langue qui pend.

Oui, les footballeurs américains, c'est un autre genre que nos *soccer players*. En petite serviette, corps huileux, cent kilos de muscles, deux mètres de hauteur, chacun attend son tour. Je ne sais plus comment je m'appelle, mais j'arrive à articuler deux-trois mots : « V... Vous avez besoin de quelque chose ? » *Gatorade blue* pour l'un d'eux ; et moi, ravie de pouvoir sortir de la salle et reprendre mes esprits. Voilà comment j'ai eu le droit à un défilé de dieux grecs toute la matinée.

Peu d'autres événements majeurs en cet été, maigres économies, quelques *pool parties* chez Sally, dont les parents avaient une maison de folie en banlieue. Et surtout pressée de renflouer mes caisses.

You said busy ?

Banks était l'un de mes capitaines favoris. Un personnage tout droit sorti d'une série pour noirs américains, et mon correcteur personnel de fautes d'anglais. Grand noir, un peu d'embonpoint, des lunettes, chauve, mais beaucoup de charme. Il parlait, riait fort dès 5 heures du matin. C'était l'homme de la situation pour les périodes de frénésie. Lui, il avait l'intelligence humaine, il cernait facilement les gens et s'y adaptait... Comme ça. Les clients l'adoraient, car il blaguait sans cesse. Je me souviens d'une fois où je l'ai surpris en pleine crise d'hypocrisie. Il riait de la blague d'un client, et je l'ai entendu arriver vers l'arrière-salle : « Hahahaha... Vous êtes tellement drôle... Hahaha ! » Il est arrivé, m'a regardée, et son sourire s'est évanoui : « Tu vois ? Je suis très doué à ce jeu-là ! » Il était notre capitaine la plupart du temps.

Après une période de vaches maigres, certes divertissante, mais pauvre en rémunération, on aurait dit que toute la côte Est avait décidé de faire ses conférences, workshop et autres galas à Baltimore. Fin août début septembre : des Anglaises débarquent pour nous aider. Un lot de « viande fraîche », disait Bruno. Des voix de crécelle, une forme d'acier, *party girls* invétérées. Et parmi elles, la Polonaise Anieska, étudiante au Royaume-Uni. Même effet que pour Natalia « Elle est pour moi ! » Et ça n'a pas loupé : on est restées amies.

Mucho dinero, mais peu d'heures de sommeil. On redoutait les nouveaux emplois du temps : « Qui va avoir un double *shift* ? Un triple *shift* ? » Il m'est arrivé d'avoir un quadruple *shift*, soit une journée de dix-huit heures avec une pause d'une heure. Hormis la fatigue, l'ambiance était festive. Les managers et superviseurs nous accueillaient le matin avec des remerciements, la radio à fond, des donuts et des *Red Bull* : « Reprenez des forces ! » Les gens chantaient et dansaient pendant la préparation des salles. Certains capitaines faisaient des concours : l'équipe la plus rapide recevait un petit cadeau, ou, mieux… obtenait une pause. Banks était le plus conciliant : face à notre épuisement, il nous accordait des pauses supplémentaires en cachette. Nous avions un code secret à la radio : « Rendez-vous au premier étage » signifiait pause-déjeuner supplémentaire.

Un jour, telle une Française, lors d'un briefing, je balance que la loi stipule que l'on ait au moins huit heures de repos entre le dernier *shift* du soir et le premier *shift* du matin… parce que j'avais fini à minuit la veille, comme tout le monde, et que nous étions de retour à 5 h 30 du matin. Bien que souvent discrète, j'avais plein de petites piques du genre en stock. En bon Américain, Banks m'avait répondu : « Pourquoi tu te plains ? Tu te fais de l'argent ! » Je ne suis ni chauvine ni patriotique, mais lâchez-moi la grappe avec votre argent et vos « Les Français sont paresseux ! » Ça ne me dérange pas de travailler, mais me tuer à la tâche pour rembourser trente crédits, ce n'est pas une vie. Vive les cinq semaines de congés payés ! Je travaille pour vivre, je ne vis pas pour travailler. Les Américains, eux, travaillent beaucoup. Travailler plus pour gagner plus correspond à leur mode de vie. J'avais beaucoup de collègues qui, souvent pour pouvoir honorer leurs crédits, cumulaient deux à trois boulots. Un seul m'épuisait déjà largement.

Mais bon, on se prend vite au jeu. Comme nous sommes payés toutes les semaines, on commence à voir l'argent couler à flots.

Il faut se rendre compte que le milieu hôtelier est particulier à la base et, au *Carillion*, c'était ambiance lavage de cerveau/Disneyland. Propagande qui marchait très bien. Tout est fait pour le travail en équipe, se sentir comme dans une famille : « Soyez fiers de travailler au *Carillion* ! » On doit se balader avec un *Guide : Sens du service*, normalement appris par cœur. Pendant les périodes *busy*, les managers nous bassinaient la tête avec ça, interrogations surprises à la clé. Ça faisait légèrement *Führer* sur les bords. Sans compter les posters en arrière-salle, du style « Ensemble nous vaincrons » et « Rien n'est impossible ! » Du grand show à l'américaine.

Mais qui a le sens du service ? Service, servitude. L'être humain a le sens de l'entraide. Aider quelqu'un en difficulté, ça, j'aime bien. Je n'aime pas servir les gens, ce n'est pas une chose qui me vient spontanément. Le sens du service n'existe pas, le sens du *larbinisme*, oui. Larbin des riches, dans notre cas. Enfin, le plus appréciable, c'est que les managers nous remerciaient pour notre travail à chaque fin de service. Une première pour moi.

La chaîne part du principe que si les employés se sentent bien, ils serviront mieux leurs clients. Et ça marche. Alors, tout un système de *rewards* est mis en place avec des soirées de gala et des trophées pour les meilleurs employés. Super idée dans l'ensemble, mais c'est un vrai jeu de démarcation. Le jeu du plus fort, du plus compétitif ou du plus malin. Des fois, les plus méritants gagnent, d'autres fois… Les plus lèche-cul. Pour rester dans l'ambiance et ne pas perdre le nord, on avait aussi droit à des sorties en équipe, des réunions mensuelles de présentations d'objectifs, des journées à thème telles que le *Ice Cream day* ou le *Manager's day*, où nos boss, devenant nos sous-fifres, devaient nous servir à la cantine et étaient victimes du lancer de tartes. Histoire que nos nerfs passent quelque part. La Française que je suis a voulu résister à l'immersion totale tant que j'ai pu. *Epic fail.*

C'est aussi là que j'ai découvert que les Américains pouvaient bien manger, hôtel de luxe oblige. Avec toutes ces heures, les pauses déjeuner et dîner se faisaient au travail, et l'avantage de travailler en banquets est de pouvoir manger la même chose que nos invités. Nous avions de très bons chefs cuisiniers, dont un Indien qui préparait la meilleure cuisine indienne que j'ai mangée de ma vie. Des mets fins et délicats, des fruits frais qui changeaient du quotidien à l'extérieur, c'est-à-dire un nombre incalculable de chaînes de restaurants gras-gras-sucre. La plupart des restaurants proposent les boissons soft à volonté ! Durant mes premières semaines, mon estomac a eu beaucoup de mal à s'adapter à la nourriture.

Une fois, j'ai été surprise au Burger King lorsqu'on m'a demandé si le milk-shake que je commandais faisait office de boisson. C'est pas censé être un dessert ? Et qui peut manger un *peanut butter jelly sandwich* ? Sérieusement, du beurre de cacahuète et de la confiture de raisin ? Des frites et de la glace à la vanille ? Du bacon dans la tarte au pécan ? Outre les drôles d'associations, les portions elles-mêmes qui peuvent être ahurissantes. Une entrée me suffit largement dans un restaurant typique. Et c'est là que les doggy bags deviennent pratiques. Pour information, ne demandez pas un doggy bag aux États-Unis, demandez une *to go box*, ou un *take out container*.

En parallèle, la règle d'or était « *work your ass off and party your ass off* ». *Rodeos bar* était notre QG, superbement situé dans Fell's Point, quartier portuaire très charmant et festif en été. *Rodeos*, c'est tout petit, mais on peut y danser, y jouer au billard, y tester les meilleurs shots et y voir les seins de sa serveuse Joey. Faire la fête, c'était aussi pour certains de nos capitaines et managers. Les plus téméraires d'entre nous passaient directement d'une soirée de fiesta (les bars ferment à 2 heures du mat) à un *after* chez un des J1 à Little Italy puis au boulot, sans dormir et toujours bourrés. Quelque part, c'est l'avantage des boulots où le cerveau n'est pas constamment sollicité. J'allais en *after* seulement si j'étais *off* ou du soir le lendemain. Les pires cuites de ma vie.

La plus mémorable était due à un de mes managers. C'était dans une boîte de nuit du Inner Harbor où on fêtait un anniversaire. J'adore danser. Fatiguée, pas fatiguée, bourrée, pas bourrée, je me déhanche comme une diablesse au rythme des sons house du moment. Jayant, capitaine banquets senior, me repère. Il est venu accompagner de son acolyte Federico. Ces deux-là, amateurs de petites minettes étrangères, nous suivent en soirée sans vergogne, malgré les quinze ans minimums de différence avec nous. Ça ne choque plus grand monde de nos jours, mais je trouvais cela assez aberrant. Jayant est plutôt séduisant et il le sait. Si un jour vous êtes dans la même pièce que lui, qu'il fait chaud parce que la climatisation est en panne, et que vous lui dites « il fait chaud ici », il répondra : « OK, je m'en vais. ». Parce qu'évidemment il est tellement *hot* qu'il réchauffe toute la pièce. Il est imbu de sa personne, sait ce qu'il veut et se débrouille pour l'obtenir. Federico, c'est le genre petit Mexicain, séduisant, charmeur-*caliente*. Si vous lui demandez : « Federico, t'as combien d'enfants ? », il vous répondra : « Officiellement ou bien... ? » Voilà, pour situer.

Jayant, plutôt bon danseur, me prend en chasse, et me paye verre sur verre de vodka cranberry. On danse collé-serré, il me porte, il me frotte, je m'amuse comme une petite folle. Je me souviens même qu'un vigile nous a dit : « *Take it easy*! » C'est la fin, direction l'*after* chez Federico, avec les Roumaines, l'Irlandaise Aileen (que je n'apprécie plus), ma chère républicaine Brittany et sa *bestie* ou meilleure amie du moment, Serena (que je ne peux pas voir en peinture). Jayant est le coloc de Federico, ce que je ne savais pas jusqu'à ce qu'il me montre sa chambre. On se met à jouer à je ne sais combien de jeux d'alcool, avec en prime des shots de Grand Marnier. Erreur fatale. Jayant est confiant : « Cul sec, cul sec ! » Il me caresse le dos, les épaules, me fait des bisous dans le cou. Frederico lui balance quand même un « Fais attention, mec... » Même complètement bourrée, je sens l'inquiétude dans sa voix. Je ne sais plus qui je suis et mon corps me dit stop ! Direction les toilettes, impossible de tenir droite, je m'écroule face à la cuvette, Brittany entre en trombe : « Ça va ? » Deux secondes plus tard, elle tient mes cheveux pendant que je baptise les toilettes. Tout est flou à partir de là, mais je sais qu'elle s'est occupée de moi, qu'elle m'a forcée à boire de l'eau et à ne pas sortir de la maison. Elle m'a installée dans un lit en me disant de rester couchée sur le côté. Je me suis donc bien retrouvée dans le lit de Jayant, mais pas pour ce qu'il espérait.

Le lendemain, c'est comme si Dieu me frappait directement de sa main géante. Jour de repos à essayer de me remettre de ma cuite. Je me roule au sol, j'ai mal aux cheveux, je ne peux rien manger, ma tête va exploser, mon estomac se retourne… « Arrêtez ça ! » Encore aujourd'hui, rien qu'entendre le nom Grand Marnier me fout la gerbe.

Retour au charbon à 14 heures le lendemain. Je rasais les murs, les rumeurs sur la dernière soirée fusaient. Impossible de regarder Jayant dans les yeux, et lui me regardait d'un sourire narquois. Les rumeurs vont vite. Même si Brittany avait expliqué que j'étais dans un état trop lamentable cette soirée-là pour avoir couché avec Jayant, le fait est que j'avais dormi dans sa chambre ce soir-là. Et ce n'est pas lui qui allait démentir. Heureusement, j'avais réussi à poser des jours pour la semaine qui suivait, direction New York, et le temps exercerait sa magie sur les rumeurs.

Intermède : mes chers abrutis

Le milieu du luxe fait qu'on doit souvent se confronter à des clients exigeants. « Exigeant » : terme utilisé pour désigner le client chiant, relou, pète-burnes et autres sobriquets auxquels vous penserez. Professionnellement, on appelle ça « l'attention au détail et l'anticipation du besoin du client. » Je pense avoir quelques dons de médium, mais je ne peux pas lire dans les pensées des gens. Le concept me paraissait un peu flou, mais je suis toujours partante pour apprendre.

En banquet, nous utilisions la *mise en place*. En tant que francophone, je n'ai jamais compris pourquoi on appelait ça ainsi. Le principe ? À chaque événement, en plus de préparer les tables, nous avions en arrière-salle une grande table regroupant des choses que les clients étaient susceptibles de demander si nous n'avions pas eu la brillante idée de les mettre sur leur table déjà blindée d'argenterie : sodas en tout genre, café, déca, édulcorant, vinaigrette en sachet, etc., etc. Tout ceci était du service en plus, car tous les repas étaient prédéterminés, donc techniquement, on ne devait rien nous demander de plus. Pensez-vous ?

Proportionnellement, plus l'événement était grand, plus les gens étaient chiants. J'appelle ça l'effet mouton de neige. Il y aura toujours le mec qui a son eau et son *ice tea* prévus d'avance, mais qui veut un Coca. On court déjà partout et se faire arrêter toutes les deux secondes pour ces « petits trucs », ça paraît rien comme ça, mais c'est tellement énervant ! Alors je lui apporte son Coca, mais entre-temps il a vu le mec de la table d'en face avec un Coca light et me dit : « Finalement, je veux du Coca light, pourquoi vous ne m'avez pas dit qu'il y en avait ? » Je reviens avec son Coca light, et deux voisins de table ont décrété qu'eux aussi voulaient une autre boisson : « Vous pouvez me donner la liste de tout ce que vous avez ? Vous auriez dû commencer par ça ! Ah, vous n'avez pas de Sprite, c'est quoi cet hôtel ? Un Coca, alors. » Et c'est généralement là que le français et la cité remontent : J'vais leur démonter leur race. – « Pardon ? Je reviens tout de suite, Messieurs. » – Enfoirés ! Avec le sourire.

Il y aura toujours la nana qui a regardé dans la boîte à sucre où il y a du sucre roux, brun, complet, blanc, de l'édulcorant (rose, jaune et bleu), mais qui veut l'édulcorant vert : « Je prends toujours le vert. » Ou celle qui, pour son café, ne veut plus la crème qu'elle venait de m'envoyer chercher, mais du lait écrémé, parce que vous comprenez, elle a changé d'avis, donc je dois courir au frigo de l'étage d'en dessous. Ou celui qui veut carrément qu'on aille au *Starbucks* d'en face lui prendre un *Chai latte*. Lorsque le niveau d'exigence en arrive là, on doit demander au capitaine si on doit tenter de dissuader le client ou envoyer quelqu'un au *Starbucks*, prenant le risque que d'autres clients s'y mettent. C'est du service quatre étoiles, le client est roi. Il y aura toujours celui qui a oublié de dire à l'organisateur qu'il est allergique au gluten, ou qu'il ne mange que du poisson. Il faut alors courir à la cuisine et s'attirer les foudres du chef, toujours sous l'eau, qui doit inventer un plat dans la minute (« Ne tuez pas le messager », dis-je). Et il y aura toujours celui qui te demandera de mettre des glaçons dans son vin rouge, l'air suffisant. Alors là, soyons bien clairs : « Les hérétiques ? Au bûcher ! »

Ce n'est pas tant les demandes qui m'embêtent (certaines, si), c'est la manière dont elles sont formulées. Sur ce ton qui traduit le : « Tu es en dessous de moi, tu dois te plier à mes exigences. » D'autant plus frustrant qu'il s'agit souvent de conventions payées par les entreprises ou les organisateurs, et dont les convives profitent à titre gratuit. Je vais passer pour une élitiste, mais je ne peux m'empêcher de penser : « On est au même niveau, on travaille dur, on paye nos factures, tu n'es pas la reine d'Angleterre, pourquoi ça t'amuse de me rabaisser ? Je comprendrais cette attitude provenant du roi d'Arabie Saoudite – je ne l'excuse pas, mais je peux la comprendre – mais toi, l'insignifiant de base, quel est ton but ?

Fashion Week effect

10 septembre 2009. J'ai réussi à m'incruster dans la *Fashion Weeeeeek* de New-Yooork ! Toute contente sur mon lit miteux d'auberge de jeunesse, je repense à ce mini-parcours. Ça a commencé un jour du mois d'août où je regardais le film *Le diable s'habille en Prada*. J'ai toujours eu un faible pour la haute couture, la mode. Ma mère a fait une école de haute couture à Paris, je l'ai vue coudre et créer des tenues pendant une bonne partie de mon enfance. J'aurais voulu être aussi douée qu'elle, malheureusement, j'ai les idées, mais deux mains gauches. Elle, fan d'Yves Saint-Laurent, moi, amoureuse de Jean-Paul Gaultier, j'étais son petit mannequin qui essayait ses tenues encore inachevées – et bien trop grandes – pour qu'elle se fasse une idée. Ah, l'enfance !

À la fin du film, sur une illumination, je me mets à surfer sur le net et me rends compte que la *Fashion Week* de New York aura lieu en septembre. Comment y aller ? Je trouve sur internet le moyen de faire du volontariat pour l'événement. Sauf que les inscriptions sont fermées depuis une semaine. Je m'en fiche, j'écris un petit email larmoyant à tous les contacts trouvés via le site. Soit l'un d'entre eux a eu pitié de moi, soit ils en ont eu marre que je spamme les boîtes email : on me demande de venir à New York pour un entretien.

J'arrive donc devant un bâtiment sur Park Avenue et me rends, légèrement nerveuse, à l'accueil d'IMG, grosse entreprise dans l'événementiel. D'autres jeunes femmes sont là, j'en conclus que ce sera un entretien de groupe. Miss Patterson, charmante dame d'une quarantaine d'années, nous accueille dans une salle de réunion et nous félicite, car si nous étions là, c'est que nous avions déjà été sélectionnées sur plus de cinq mille CV. (Quoi ? On aurait pu nous prévenir, ça m'aurait évité la boule au ventre dans le bus ce matin.) Cette réunion est en fait organisée pour que nous apprenions à nous connaître et que nous présentions notre parcours. Encore une fois, j'ai du mal à réaliser ce qui se passe et, surtout, je n'ai encore aucune idée d'en quoi consiste cette mission non payée. En ressortant du bâtiment, j'ai sympathisé avec deux filles tout excitées par la nouvelle, et nous avons passé l'après-midi ensemble à rêver, avant que je retourne à Baltimore.

De retour un mois plus tard à New York, voici mon constat : New York et moi, c'est une *love-hate relationship*. Je comprends l'engouement pour cette ville créative, qui ne dort jamais, mais elle m'étouffe. Pour avoir visité Shibuya à Tokyo, Times Square ne m'a pas coupé le souffle. Par contre, cette ville a une aura magique. Quand je marche dans New York, j'ai envie de chanter et de danser dans la rue, de m'habiller comme une star, de héler un taxi jaune comme dans les films, d'aller voir toutes les comédies musicales, de faire du shopping sur la 5e, etc. Un effet tourbillon de joie que je n'ai jamais connu ailleurs. C'est tellement trop que ça peut en devenir désagréable : cinq jours me suffisent. C'est aussi en me baladant dans les rues de New York que j'ai réalisé que les Parisiens n'avaient aucun sens de l'espace vital. New York a beau être peuplé, les gens n'attendent pas d'arriver à deux centimètres d'une personne pour dévier, ils laissent de l'espace tant bien que mal dans les transports et dans la queue au supermarché. À Paris, on est toujours collés les uns aux autres et ça ne semble déranger personne.

Les 11, 12, et 13 septembre, Miss Patterson m'avait mise sur trois défilés. Lela Rose, Hervé Léger-Max Azria, et Lacoste. Moi, *happy* ! Bon, il était clair qu'en tant que volontaires de la *Fashion Week*, nous étions des sous-fifres auxquels personne ne faisait attention. Nous avions signé un contrat, en particulier pour ne pas harceler les éventuelles célébrités ou personnalités importantes rencontrées, téléphone interdit. « OK, mais si c'est Johnny Depp, je m'en fous, je lui saute dessus ! » pensais-je.

Le premier rendez-vous était fixé dans une petite caravane à 9 heures du matin pour un défilé à 11 heures. Où était le glamour ? Nous devions avoir des pantalons noirs basiques et des chaussures noires confortables, et récupérer nos badges et t-shirts. Chacun avait ses raisons d'être là. Certains étaient curieux, d'autres étaient designers en herbe, certains s'imaginaient se faire repérer pour devenir célèbre, d'autres s'imaginaient déjà l'être. J'ai sympathisé avec une Allemande qui était en stage chez Marc Jacobs et qui s'y faisait royalement chier. Elle était déçue, car on n'exploitait pas son savoir-faire et on ne lui donnait que des tâches inutiles. Tiens, j'avais comme une impression de déjà-vu… Nous avions une capitaine (décidément, ça me poursuivait) qui pensait que son micro lui conférait une autorité complète sur nous. Au moment de sortir pour se rendre sur les lieux du défilé, je l'ai entendue interpeller une volontaire froidement : « Eh, toi, porte mon café ! » J'aurais voulu qu'elle me le demande ; un accident étant vite arrivé, ce café se serait malencontreusement retrouvé… dans sa face.

Mon visage fermé (spécialement pour elle) et mon regard de défi l'ont dissuadée de me demander quoi que ce soit durant toute la matinée.

Sur le chemin, des passants curieux prenaient des photos, de quoi flatter l'ego de certains de mes compagnons. Nous arrivions dans la salle de Lela Rose, et encore une fois, j'avais oublié que la vie, ce n'est pas comme dans les films... C'était le capharnaüm ! Il y avait encore du plastique sur le podium, des fils électriques au sol, des cartons à jeter, etc. En fait, j'adorais l'ambiance, car c'était un mix entre des préparatifs pour un spectacle de théâtre et mon job actuel. Rassemblement des troupes ! Les petites fourmis que nous étions avaient bien sûr pour mission de ranger tout ce bordel. Division en équipe !

Pour être tout droit venue de la frénésie du *Carillion*, je trouvais le travail très, trop facile. Il fallait faire les sacs cadeaux, bien placer les noms des invités sur les chaises préalablement alignées avec un mètre, être briefé sur la manière d'accueillir les invités, stars y compris, les placer, et sur la manière de faire la police pour que le défilé se passe sans encombre.

Nous avions aussi accès aux backstages pour préparer les tables de maquillage, éventuellement aider à apporter les collections, remplir les frigos d'eau et de Coca-Cola zéro. Les mannequins étaient là, en pleine phase de maquillage-habillage. Je ne pouvais m'empêcher de penser : « C'est normal d'être aussi maigre ? » Mon côté « Sauvez Willy » me donnait envie de leur offrir un hamburger.

J'étais quand même émue d'assister à mon premier défilé haute couture. Au final, nous avions tout fini une bonne demi-heure avant le show. Ce qui nous donnait le droit de voir les répétitions tranquillement. Les régisseurs arrangeaient le son et les lumières pendant que les mannequins à moitié prêtes défilaient sur le podium recouvert de plastique. Nombreuses sont celles qui ont failli se casser le coccyx en glissant.

À quelques minutes de l'ouverture des portes, les capitaines d'équipe nous plaçaient dans des sections pour accueillir et diriger les invités. Étant française, je me suis retrouvée là où les représentants de *Vogue Paris*, *Elle* et autres étaient placés. On a d'abord ouvert la porte aux photographes, qui devaient se mettre dans un carré en face du podium. Ce n'était pas très joli à voir. Ils se sont tous rués à l'intérieur comme des chacals pour avoir la meilleure position, insultes et bousculades en plusieurs langues s'en sont suivi, jusqu'à ce que le vigile mette de l'ordre dans tout cela, sous menace d'éviction. Puis, place aux invités. VVIP, VIP sur les premiers rangs, représentants de magazines de mode ensuite, et insignifiants derrière. J'accueillais les invitées de la rangée *Vogue Paris* contente d'entendre une personne communiquant en français. Une fois tout le monde installé, nous pouvions nous faufiler à une bonne place, debout bien sûr, pour regarder le défilé.

La magie commençait alors. C'est ce que j'attendais de cette expérience : le cœur qui se soulève, les yeux qui en prennent plein la vue, ce sentiment de faire partie de quelque chose de privilégié et mystique. C'était donc cela, le luxe ? Quelle féerie ! La musique, les créations, l'ambiance, les flashs des photographes, tout s'harmonise parfaitement pendant un bref instant, et tout devient logique. C'est de l'art, ce n'est pas qu'une bande de fous furieux qui mettent en forme des pièces de tissus immettables pour les revendre aux plus offrants. Ce sont des œuvres d'art.

Pouf ! Mais trois minutes sont déjà passées ? C'était hyper court ! À la fin du défilé, j'ai eu comme l'impression de me réveiller brusquement d'un superbe rêve avec un seau d'eau glacée. Retour à la vie de merde. Tout le monde a quitté la salle très vite, probablement pour aller à un autre défilé. Et nous, petits soldats, étions là pour remettre en place la salle et pré-préparer le prochain défilé. La plupart des invités ont laissé leurs sacs cadeaux… Trop habitués. J'avais les yeux qui brillaient à l'idée de pouvoir en chourer un à la sortie. À midi, tout était bouclé. Nous sommes retournés à la caravane pour manger un burrito, rendre le badge et confirmer le rendez-vous du lendemain.

Il me restait les défilés Lacoste et Hervé Léger. Je vous passerai les détails cette fois. J'ajouterai simplement que ces défilés étaient plus importants, plus grandioses et qu'il y avait plus de célébrités. Mais honnêtement, dans le rush, j'aurais été incapable de dire qui était qui, j'étais bien trop occupée à faire la police. Les salles étaient bondées et les places réservées valaient cher. Les chanceux du monde des insignifiants basiques étaient debout. Pour Lacoste, la société Amex avait réservé une salle privée pour avoir une vue exclusive sur le défilé, 10 000 euros par tête, petits fours et champagne coulant à flot. 10 000 euros pour un show de moins de dix minutes, ça reste encore incompréhensible pour moi. Nous, sous-fifres, avons vu gratuitement ce défilé au moins trois fois grâce aux répétitions. À chacun ses avantages, je suppose. Bosser gratuitement ou être riche à millions ?

C'est donc la tête dans les nuages que j'ai quitté le monde des paillettes pour retourner à Baltimore.

Tout le monde était au courant que je revenais de la Fashion Week et y allait de ses questions. Le monde du luxe fascinera toujours.

Judéo…

Il y avait beaucoup de mariages juifs, car il y avait beaucoup de juifs dans la ville. Et je passe les bar-mitsvah. Une mini-formation était de mise, car il y avait des spécificités. Les couverts, les assiettes et les verres étaient apportés de l'extérieur et nous n'avions pas le droit de les toucher avec nos mains nues. La nourriture était kasher et surtout, lors du dîner, les femmes servaient côté femmes, et les hommes, côté hommes. Dans certains mariages, les deux groupes se mélangeaient à l'ouverture du bal pour danser jusqu'à la fin. Deux cérémonies précédaient le dîner, où divers chants religieux étaient entonnés avec beaucoup d'enthousiasme. J'adorais ces chants. J'avais envie de danser avec eux !

Bien sûr, en voyant mon prénom sur mon badge, les invités étaient souvent étonnés. Adama, c'est aussi de l'hébreu et ça veut dire « terre, sol ». « Vous êtes juive ? » Il y a des noirs juifs, mais non, je tends vers l'Islam la plupart du temps. Ceci pour relater deux incidents. Un après-midi où j'arrivais au travail, toute contente de travailler dans un nouveau mariage juif, je balance à Jayant (manager du jour) : « Trop bien, c'est mariage juif aujourd'hui ! » Réponse : « Ouais, j'aime pas les juifs, donc je ne suis pas aussi enthousiaste. » La claque. Quelques jours plus tôt, au retour d'une soirée, on rentrait en groupe, tous un peu éméchés, et un certain Adam vient me parler en titubant : « Eh, c'est marrant, on a presque le même prénom. » « Effectivement, mais il semblerait qu'en plus d'être un prénom africain, ce soit aussi un mot hébreu… » Ne m'associe pas avec ces gens, putain, je déteste les juifs ! » Ah ? Des propos que j'avais bien sûr entendus avant de débarquer aux États-Unis, et qui m'ont plongée dans une réflexion sur les races et la haine de certains êtres. L'être inférieur n'existe pas et on est tous l'idiot de quelqu'un. C'est linéaire, pas hiérarchique.

Les feux de l'amour

Le froid commençait à tomber sur Baltimore. On avait l'impression que tout le monde cherchait un partenaire pour l'hiver. Et c'est bien connu, plus on cherche, moins on trouve… Ou pas. Quand on travaille en hôtellerie, et en plus à l'étranger, la proximité avec les collègues est différente, on travaille de longues heures ensemble et on se voit beaucoup en dehors du travail. Le melting-pot excite aussi les hormones. De nombreux couples se sont formés entre collègues, avec tout le *drama* que cela apporte. Bruno le Philippin avait mis en place son « *attack!* » et faisait la cour à Marcella la Dominicaine, qui ne voulait pas de lui mais avait fini par céder. Anieska avait des vues sur Devon, qui avait déjà une copine en Angleterre, et Aurora prévoyait de se marier avec Henry au bout de quatre mois de relation.

J'avais des vues sur deux Néerlandais, Jeroen, mais j'étais coincée dans la *friend zone* (ça arrive aussi aux filles) et il entretenait une relation avec une Anglaise que j'aimais bien ; et Hans qui, malheureusement, avait déjà une copine aux Pays-Bas dont il était très amoureux, disait-il.

Quel ne fut pas mon étonnement en découvrant que Hans couchait avec Serena (la nouvelle *bestie* de Brittany) ! On peut penser que je n'appréciais pas cette jeune fille, car elle m'avait chipé ma proie et ma copine, ce qui était sûrement vrai. Mais Serena, c'était aussi le stéréotype même de la *biatch* américaine. Toujours en mini-short, toujours en train de draguer, de rire plus fort, de boire plus que la moyenne. Thailla l'avait surnommée « vagin sur pattes ». Thailla, d'ailleurs, s'était trouvé un don Juan dans les cuisines, un sympathique Taïwanais. Et moi, toujours célibataire. Thailla était de moins en moins disponible, ce qui m'a aussi rapprochée de Mei Li, qui habitait chez Devon. Je me suis rabattue sur mes amitiés.

Ensuite, nous avons assisté à la naissance d'un couple inattendu : Aileen l'Irlandaise et Federico le *manager-player*. Aileen, petite blonde à l'accent incompréhensible, avait suscité mon intérêt au début. À son arrivée, elle était tout adorable, douce et je l'ai vue se transformer en un monstre assoiffé de pouvoir. J'ai commencé à me méfier d'elle en la voyant copiner avec celle qu'on appelait la *Dragon Lady* du service. Une senior manager de plus de quarante ans, aigrie, que je ne voyais pas souvent ; le peu de fois où je la côtoyais en service, elle se montrait désagréable et impolie, beaucoup la détestaient. Elle donnait ses ordres avec cette phrase qui m'horripilait : « Chérie, tu peux me rendre un service ? » J'ai pas envie, mais ai-je le choix ? Tout ceci, donc, pour apprendre maintenant que Aileen, fille spirituelle du diable, couchait avec notre manager.

Un soir d'événement, j'entends Federico mentionner qu'elle sera *team lead*. Je ne supporte pas l'injustice. Peut-être était-ce un concours de circonstances, peut-être était-elle plus douée que nous, peut-être... N'empêche que le timing était salaud. Ça ressemblait à de la promotion canapé. Ce soir-là, beaucoup fulminaient et grommelaient. De mon point de vue complètement partial, beaucoup d'autres, par ancienneté ou mérite, auraient dû être promus chef de rang avant elle. À ce moment-là, je ne me posais pas trop de questions sur l'évolution de mon sort, mais ça m'a aussi piquée au vif. Bruno avait vivement réagi en disant : « Tu aurais dû devenir chef de rang avant elle ! » Nous l'avons souvent vue assise à discuter dans le bureau des managers pendant que nous cravachions. La jalousie était bien là et une animosité silencieuse et mutuelle était née. À partir de ce moment-là, je n'ai plus cherché à créer de liens avec elle. Je l'ai ignorée jusqu'à la fin, même quand elle est devenue capitaine et qu'elle prenait bien soin de ne jamais me mettre dans ses équipes.

Vous l'aurez compris, j'ai eu deux ennemies cette année-là, Serena et Aileen. Mais je ne suis pas fière de la tournure qu'ont prise les choses avec Serena. Hans avait oublié qu'une jeune et jolie Hollandaise l'attendait dans son pays d'origine et avait entrepris une relation avec Serena. À ma grande surprise, Serena semblait vraiment éprise de Hans. Honnêtement, voir quelqu'un que j'apprécie en couple m'enlève tout intérêt pour la personne. Ça devient chasse gardée, même si c'est avec une personne que je n'aime pas trop.

Un soir de grande buverie, nous sommes en *after* chez Serena. La plupart des invités sont partis et Anieska fricotait avec Devon (quoi ?). Serena annonce qu'elle va se coucher et monte dans sa chambre. Hans lui dit qu'il la rejoindra plus tard. J'attendais Anieska et me retrouve seule dans le salon avec Hans. À ma grande surprise, il me demande de venir m'asseoir à côté de lui. Je m'exécute, trop bourrée pour évaluer la situation. Alors que j'étais à peine assise, il me saute dessus et m'embrasse. Je reprends mes esprits :

– Mais qu'est ce que tu fais, là ?

– Je sais pas, je profite du moment, dit-il en me caressant.

Je me laisse faire un bon moment, puis je retire sa main. Il la remet et me lance un discours incompréhensible de bourré sur le fait qu'il y a toujours eu cette alchimie, qu'il s'en fout de Serena, et qu'il a juste envie de me faire l'amour... tout en sortant son pénis (Aaah ! Couvrez ce pénis que je ne saurais voir !).

– Avec ta meuf au-dessus, tu te fous de moi ?

À ce moment-là, j'ai pensé à Serena et à ce que ça m'aurait fait d'apprendre que mon mec est en train d'essayer de coucher avec une autre, sous mon toit, pendant que je dors. De la colère est montée en moi et j'ai repoussé Hans du mieux que mon corps alcoolisé ait pu faire.

Suite à cet incident, mon animosité envers Serena s'est transformée en culpabilité. J'ai pensé à lui relater l'incident, mais n'en ai pas eu la force. Au cours d'une autre soirée, Hans a essayé de me rappeler ce qui a failli se passer et proposait de « reprendre les choses là où on les avait laissées ». Le peu d'intérêt que j'avais pour lui s'est transformé en dégoût. J'ai essayé de me déculpabiliser en me disant qu'il serait bientôt de retour aux Pays-Bas et que Serena et moi serions débarrassées de lui.

C'est dans ce contexte que, courant octobre, je suis devenue *team lead* par intermittence et que j'ai décidé de déménager. Mei Li rentrait en Chine et je voulais louer sa chambre. Elle habitait avec Devon dans Little Italy, soit, à trois minutes à pied du travail. Le loyer était de 450 dollars contre 650, pour une chambre deux fois plus grande et meublée.

Ming, surprise de ma décision de partir, m'a demandé de trouver quelqu'un pour me remplacer, ce que j'ai fait. Et me voilà installée dans une maison, avec pour coloc Devon, Adriano l'Espagnol, fraîchement débarqué et qui travaillera en tant que cuisinier, et Ricardo le Portoricain, du *room service*. J'avais aussi pour nouvelle voisine Anieska, ce qui a renforcé notre amitié. Le jour de mon emménagement chez Devon, j'ai vu un homme inconscient sur le sol. L'homme à côté de lui disait : « Oh mon Dieu, il est fini ! » Voir un mort ce jour-là ne me laissait présager rien de bon.

Cela nous emmène à la question : Baltimore est-elle aussi dangereuse que le suggère la série *The Wire* ? Pour l'anecdote, à cette époque, un violeur était en liberté dans le quartier et les ressources humaines distribuaient aux filles une mini-lampe de poche ainsi qu'un petit appareil imitant le bruit d'une sirène de police. Je ne me suis jamais fait agresser, autrement que verbalement par quelques junkies dans la rue. Cela est dû en partie au fait que je finissais à des heures tardives. D'autres n'ont pas eu cette chance. Plusieurs collègues se sont fait cambrioler, un collègue philippin s'est fait voler son portefeuille non sans s'être fait tabasser, et Céline a vu un homme se faire poignarder sous sa fenêtre. La règle d'or était d'éviter de traîner tout seul le soir, comme toutes les grandes villes. Beaucoup de règlements de comptes dus à la drogue, des corps dans les rivières, des hommes qui se font tirer dessus en sortie de boîte de nuit. Vrai et encore vrai. Mais ce n'est pas le quotidien, et c'est souvent lié à des gangs : on ne va pas sortir dans la rue et se prendre une balle à coup sûr. Il y a des quartiers à éviter, et on les connaît.

Where is the Love ?

Après un Halloween digne de ce nom, le mois de novembre était un peu plus calme. Le froid était là et je préparais mon *road trip* de décembre avec mes *best friends* : Lara, qui était en J1 en Californie où elle donnait des cours de français, et Sophia qui nous rejoindrait de Nanterre avec Stéphane (très bon ami de Lara).

D'un autre côté, les trois quarts des amis que je m'étais faits repartaient vers l'Europe et le Brésil. Les chances que mes flirts se transforment en relation avaient bien diminué.

Au boulot, on nous a annoncé que Mohamed Al Fayed et sa famille arrivaient à l'hôtel pour deux semaines et qu'il leur fallait des *butlers*. Croyez-moi, *butler* ou « *butt kisser* », c'est un métier ingrat, mais quand on est conscient que ce milliardaire peut vous rapporter trois mois de salaire en deux semaines, votre fierté, vous vous asseyez dessus avec un grand sourire. Finalement, ce sont les nouvelles J1, venues d'Angleterre, qui ont été choisies pour servir la famille nuit et jour. Ça a énervé pas mal de monde. Après réflexion, je ne voulais pas de ce boulot où je pouvais être réveillée en plein milieu de la nuit, tel un médecin urgentiste, parce que Madame voulait un peu de lait chaud !

Vers la fin novembre, je venais de passer un merveilleux *Thanksgiving* chez Sally, avec Céline et Tanya. J'avais préparé du pain de maïs pour l'occasion. Un super repas qui s'est terminé par un film au coin du feu avec toute sa famille. Détente totale. Mais j'étais à peu près dans le même état d'esprit que Luong en juin : je voulais rentrer chez moi, je n'apprenais plus rien au travail, l'anniversaire de la mort de mon ami approchait, et la déprime avec. J'ai donc posé deux jours de repos, direction New York.

Ma « remise employée » m'a permis de dormir dans un de nos cinq étoiles en plein Times Square pour la modique somme de quarante dollars la nuit. Après un tour dans Central Park, j'arrive à l'hôtel en début de soirée, je prends l'ascenseur en verre, chambre au 33e étage, vue sur tout New York. Je prends un bain dans la salle de bain, qui est plus grande que mon salon à Paris, j'enfile le peignoir et chante Mariah Carey à tue-tête. Pourquoi voulais-je rentrer en France déjà ?

Le lendemain, je m'enfonce dans les rues de Manhattan, je passe vers Broadway et la 30e, c'est là où on trouve les boutiques indiennes et africaines. Ça me fait penser à Château-Rouge en plus cool. Là, les Sénégalais reconnaissent que je ne suis pas américaine. Tout le monde me parle français, bambara ou wolof, et ça fait du bien ! Direction Brooklyn, Flatbush Avenue, pour une nouvelle coupe de cheveux. Je me sens… moi. *Time to go back to Baltimore*!

Le lendemain matin, j'allume une bougie en souvenir de mon ami disparu, puis retour au boulot à 14 heures. Mariage grec, celui dont j'avais fait le tasting le jour de l'arrivée du Milan AC. En préparant la salle, une collègue dominicaine me dit :

– T'as l'air différente aujourd'hui.

– Oui, j'ai changé de coupe.

– Non, c'est autre chose, t'as l'air plus heureuse…

Monsieur Powell descend pour vérifier

« l'avancement des travaux », ce qui veut dire que c'est un événement important. La décoration, épurée, est magnifique : blanc, roses rouges, paillettes d'argent, cristal. Certains collègues sont tellement émerveillés qu'ils prennent des photos. Dans mon équipe, c'est Eduardo le Brésilien qui est *team lead*, et j'ai Natalia avec moi, équipe de choc.

Nous nous occupons de la table *Sweetheart* (mariés, parents, témoins, demoiselles d'honneur, etc.). Douze personnes, service synchronisé. Les capitaines nous annoncent que la mariée est grecque et que, par tradition, à un moment, les invités vont jeter des billets sur le *dancefloor*. Certains serveurs devront balayer et les rassembler. Bien sûr, interdiction de glisser quoi que ce soit dans sa poche. Pour nous, à la table *Sweetheart* : « Faites attention, ces gens ont bu toute la journée ! » Effectivement, on n'a pas pu faire le service synchro, ils ne tenaient pas en place. Eduardo devenait fou en arrière-salle, Natalia et moi avions des fous rires. L'entrée s'est passée à peu près correctement. Pour le plat, on a fait comme on a pu. Certains étaient sur le *dancefloor*, d'autres avaient changé de table. Tant pis, on servait quand même. Natalia m'attrape dans l'arrière-salle et me dit, tout excitée :

– Eh, quelqu'un a essayé de parler en français, va voir !

– Ah oui ?

Effectivement, j'arrive à la table, un jeune homme d'une trentaine d'années regarde mon badge et s'exprime dans un français sans accent :

– Bonsoir, vous parlez français ?

– Oui, bien sûr.

Ayant trois assiettes chaudes dans la main, je suis repartie comme une fusée. Pas le temps. Retour en arrière-salle : « T'as raison, Nat, je crois qu'il est américain, mais il parle bien français. » Le capitaine nous presse pour servir le gâteau et le café. Pour nous, ça veut dire que c'est presque la fin. Ouf ! J'étais en nage. Mus, le clown, nous raconte comment il a pu subtiliser cinquante dollars et d'autres blaguent à tout-va, comme d'habitude.

Retour à notre jeune homme, apparemment franco-américain, qui n'arrêtait pas de me demander du café. Une fois, deux fois, trois fois (mais lâche-moi la grappe !) ; je m'accorde une pause. Et c'est là qu'il m'explique qu'il est américain, mais qu'il a vécu deux ans en France, où il a intégré une équipe de football américain. Il me demande mon numéro, que je lui donne volontiers… Il est quand même joli garçon (oui, le physique compte). Et puis, un Américain qui parle un français aussi parfait, ça ne se croise pas tous les jours. En coin, je vois ma capitaine me regarder d'un air suspicieux, et Devon au bar, les bras croisés, le regard malicieux, avec un sourire qui veut tout dire. Je prends donc congé du jeune homme et me rends compte que je ne lui ai même pas demandé son nom.

Le travail reprend, il reste encore quelques fleurs à ranger, etc. Bzzz ! Texto de bonne nuit du gentleman. Impressionnant de rapidité, mais je suis quand même contente et lui demande comment il s'appelle. « Ethan, chérie. » Il me donne rendez-vous le jeudi suivant, à 20 heures. Anieska et Devon ne me lâchaient pas. Dès que je croisais Devon à la maison ou au travail, il avait un grand sourire et balançait d'un ton moqueur : « Jeudi, 20 heures ! »

Le jeudi suivant, 20 heures tapantes, on frappe à la porte d'entrée. Devon est devant ma chambre. Il me regarde et me dit : « C'est l'heuuure ! » d'un air dramatique. Je rigole et je m'en vais. Le bon point avec Ethan, c'est qu'il n'a pas cherché à sortir le grand jeu, pas de fleurs, pas de *fancy restaurant*. Nous sommes allés au bar du coin, et ça m'allait très bien. Il écoutait Coldplay dans sa voiture, deuxième bon point. Il est prof en primaire, troisième bon point. La soirée passe très vite, pas de blanc gênant, beaucoup de choses à se dire, beaucoup de rires. Il me ramène chez moi, on continue à discuter dans sa voiture, et je ne sais pas ce qui m'a pris, je lui ai sauté au cou, ne pouvant me retenir de l'embrasser. Pour une fille, du moins de mon genre, le premier baiser en dit long. C'était l'un de ces *French kisses* passionnés à vous en donner des papillons dans le ventre. Partons avant que ça aille plus loin. Je rentre, texto obligatoire à Anieska : « Il embrasse bien. »

Pourquoi voulais-tu rentrer en France, déjà ?

Ze trip

Avec les *besties*, on a fini de préparer le *road trip*. Départ le 10 décembre. Je l'annonce à Ethan. Eh oui, à peine rencontré que je devais déjà l'abandonner trois semaines. Tant pis : SMS, emails, Facebook, vive la technologie ! Avion direction Los Angeles, ou plus précisément Irvine, où Lara est aussi en J1. Je dois attendre Sophia à l'aéroport pour qu'on prenne le bus ensemble. Elle arrive, on se saute dans les bras l'une de l'autre. Je venais de troquer 2 °C contre 25 °C, et en prime, nous avons aperçu Nikos Aliagas et David Beckham. Décidément, il me suit ! Arrivées chez Lara, dans une ambiance *Wisteria Lane*, c'est le coup de foudre, je veux vivre sur la côte ouest ! Le lendemain, notre ami et chauffeur attitré Stéphane arrive à L.A. et nous louons une Jeep.

C'est parti pour trois semaines de *road trip* cinq étoiles. Ces « réductions employés », c'était le rêve : des quatre et cinq étoiles pour presque rien. C'est ça, la vraie vie ? Au programme : Los Angeles, Hollywood Boulevard, Beverly Hills, Venice Beach, S H O P P I N G. *California rocks*! Nous avons aussi atterri par erreur à San Diego, très jolie ville. Avant de décoller vers d'autres contrées, on s'est accordé une journée à *Universal Studios* : visite des studios, montagnes russes et maison hantée. *Yeah !*

Nous abandonnons la beauté californienne pour la beauté ancestrale des US : direction le Grand Canyon. De longues heures de route, nous passons par la ville de Page et par le *Lake Powell*, histoire de couper le circuit en deux, et que Stéphane se repose. C'est aussi l'occasion pour Lara de s'acheter des habits chauds, car hors de la Californie, c'était retour au froid hivernal.

Nous avons prévu une journée pour visiter le Grand Canyon et Bryce Canyon. Traversée de l'Utah à coup de musique à fond, tous les quatre fans de Mariah Carey, on chante comme des fous. Les routes sont désertes, le soleil brille. Sirène de police. Stéphane nous demande :

– Vous avez entendu ?

– Oui, oui, augmente le volume !

On continue à chanter : « *Why you so obsessed with me? Boy, I wanna know. Oh oh oh oh oh, la la la...* » La sirène se fait pourtant de plus en plus sonore... On ignore. En face, une autre voiture de police, gyrophares allumés, sirène puissante. « Stéphane, stoppe la musique ! » Nous sommes encerclés.

Comme ils sont un peu éloignés, par réflexe, Stéphane détache sa ceinture et ouvre la portière pour aller à la rencontre des policiers. Deux agents avancent, l'un d'eux crie : « Restez dans la voiture ! J'ai dit, restez dans la voiture ! » OK, là on commence à paniquer. Le policier arrive à la fenêtre, nous regarde et demande : « Vous avez des armes ? » Choc des cultures. Stéphane répond « Nooon ! » plutôt interloqué par cette question. Le policier nous explique brièvement que nous avons dépassé de 10 Miles/h la vitesse autorisée et que c'est un crime !

Sur le coup, l'accent français de Stéphane nous a sauvé la mise. Il a expliqué dans un anglais hésitant que nous n'étions que de jeunes étudiants en vacances et que nous n'avions pas fait attention : « *We arre verry sorrry* ! » Pour cela, le policier nous épargne les menottes, dit-il, et nous demande de le suivre à la station de police pour régler l'amende. Après cette expérience quelque peu traumatisante, nous reprenons tranquillement notre route vers le Grand Canyon. Arrivés à destination, un tour en hélicoptère nous attend, puis en bus, histoire de s'approcher de très près du vide infini qui règne sous nos pieds. De quoi vite nous faire oublier cet incident.

Je n'ai pas de mots pour décrire le Grand Canyon, ce n'est qu'impressions et ressentis. Il neigeait à ce moment-là, des millions d'années de magnificence qui vous prennent en une seconde. On a l'air stupide avec nos 2009 ans après J.-C. ; on se sent insignifiants et petits face à cette merveille du monde. C'est comme si l'histoire du monde s'ancrait en nous. Honnêtement, j'en ai eu les larmes aux yeux.

Bryce Canyon, c'est le même genre en plus mignon et moins impressionnant, mais à voir quand même. En traversant le parc, je remarque un spectacle assez étonnant pour moi : des palmiers, des habitations modernes posées sur un sol sauvage et aride, ce qui me fait penser à mes vacances dans la cambrousse africaine. Je nomme ironiquement l'endroit « Palm Beach Tambacounda ».

La suite nous attend à Mexican Hat, ainsi qu'un bref détour par Monument Valley. Je suis plutôt branchée histoire, et les *Canyons, les Valleys*, c'était ce qui m'intéressait le plus. Mon rêve, c'était de croiser des *Natives*. Accompli ! Sur la route de Mexican Hat, ce n'est que désert et collines, une habitation par-ci par-là. Il n'est pas recommandé d'y tomber en panne ou de s'y perdre. Pour vivre l'aventure à fond, nous avons délibérément troqué le GPS pour une carte routière et… Google Maps aussi, à l'occasion.

Pourquoi Mexican Hat ? Tout simplement car une forme rocheuse domine le village et qu'elle ressemble étrangement à un Mexicain portant un sombrero. C'est en fait un tout petit village près de Monument Valley où vivent des *Natives*. Je ne pouvais m'empêcher de les dévisager, tout émerveillée. Nous sommes arrivés la nuit, dans un hôtel-gîte. Bâtisse collée à la montagne, ciel sombre et étoilé, on pouvait entendre des loups ou des coyotes, je ne saurais pas faire la différence. Ambiance *Wild Wild West* garantie.

Monument Valley, c'est un peu comme voir le Grand Canyon d'en bas. On se sent tout petits, et les roches gigantesques se dressent devant nous comme pour nous narguer. On a traversé le site en voiture en constatant qu'il y avait aussi des habitations de fortune, probablement celles des gardiens, munis de leurs chiens et de leurs chevaux. Une vie simple.

Sur le chemin de l'histoire, nous passons par la *Valley of Fire,* qui porte ce nom pour ses roches couleur argile, et la *Death Valley*. Cette dernière reste très étrange. En la traversant, nous avons traversé les quatre saisons en une demi-heure. Comment ? L'arrivée se fait par des dunes de sable dignes d'un désert africain, il y a beaucoup de vent et il fait chaud. Arrêt obligatoire devant ce phénomène de la nature, un peu comme un retour aux sources. On remonte dans la voiture et, quelques secondes plus tard, un torrent de pluie s'abat sur nous, *what the hell ?* ; nous continuons, le soleil revient, les arbres fleurissent ; enfin, la neige nous accueille, puis le soleil réapparaît. Vous avez dit bizarre ?

Plein les yeux, plein le cœur, *Goodbye History, hello Las Vegas !* Retour à notre ambiance quatre étoiles, au bruit de la ville. La Sphère allume ses lumières pour nous. New York / New York, MGM, Casino, le Flamingo, Striptease, Venezia, Paris, Cairo. Je crois qu'on a tout visité, on s'est aussi fait arrêter par la police. Encore ! Plus cool que dans l'Utah, plus habituée aux touristes, aussi. Las Vegas, c'est *non-stop party life!* Épuisant et – désolée – au final sans grand intérêt. Il faut le faire pour ne pas mourir idiot. Le troisième jour, après un tour à la salle de sport puis à la piscine du toit de l'hôtel, une longue route vers San Francisco nous attendait.

Feliz Navidad ! Noël à San Francisco, que demande le peuple ? Ça reste ma ville préférée de la côte ouest, moins robotique, plus humaine, plus vivante, quoi. Les rues en collines, les maisons typiques colorées, *Chinatown*, les bars, les tramways. *The Golden Bridge !* Le traverser à pied lorsqu'on a peur du vide comme moi, c'est la meilleure montagne russe du monde. Notre dernier dîner sur la côte ouest fut notre dîner de Noël. Le lendemain, avion pour New York.

Pour ceux qui se posent la question, je donnais des nouvelles à Ethan par emails et textos, auxquels il répondait tellement adorablement que j'étais pressée de le retrouver. New York, je ne vous raconte pas tous les détails, c'est New York, quoi ! Je l'ai visitée plus en profondeur, car Stéphane y avait habité trois mois. Et entre amis, beaucoup plus fun ! Shopping, Empire State Building, Statue de la liberté, club de jazz à Soho, *West Side Story* à Broadway, Harlem… Et pour finir en beauté, le 31 décembre : concert de Mariah Carey au Madison Square Garden !

Reprenant le travail le 3 janvier, je m'asseyais dans un bus vers Baltimore dès le 1er. Disant au revoir à ces semaines hors du commun, pleines de fous rires.

Retour au bercail

Back to reality. Le 1er janvier 2010 au soir, Ethan décide de venir me chercher, et nous passons notre première nuit ensemble. Lui et moi, ça a été la fusion. Beaucoup de points communs, on parle moitié français, moitié anglais, une belle complicité, meilleurs amis et amants en même temps, un puzzle complet. À nos premiers rendez-vous, il m'avait dit apprécier le fait que je n'avais pas demandé combien il gagnait. Pour lui, les Américaines questionnent directement sur les choses matérielles – Voiture ? Maison ? Salaire ? – alors que les Françaises vont plutôt se concentrer sur les hobbies et la personnalité.

Ethan, c'est le genre d'homme qui vit l'amour à fond ou rien du tout, très sensible, très câlin, très généreux. Au bout d'un mois, il pleurait déjà, littéralement, à l'idée que je rentre en France. Mais la vie n'est pas un conte de fées. Là où ça péchait, c'est que son entourage, mère y compris, n'acceptait pas une fille à la peau noire. Il habitait encore dans la maison familiale, où sa mère passait la moitié de la semaine. Parents divorcés, femme seule. Il fallait jouer des pieds et des mains pour que j'évite de la croiser. En y repensant, un an plus tôt, si j'avais entendu « Ma mère est raciste, elle ne veut pas te voir », j'aurais dit « *Bye bye !* » Mais on était bien.

Son père avait abandonné sa mère avec trois enfants lorsqu'il était encore gamin. Ça avait dû le marquer plus qu'il ne le pensait. Son besoin d'affection était hors-norme, un grand enfant, mais d'un autre côté, il donnait beaucoup de sa personne à tout le monde, peut-être trop… La seule figure paternelle de sa jeune vie d'homme était le premier mari de sa sœur. J'ai longtemps hésité à évoquer ce qui va suivre. C'est dévoiler une partie de sa vie, mais surtout un exemple concret du malaise d'une société de l'extrême comme on peut la rencontrer aux États-Unis.

Sa sœur s'était mariée pour combler un idéal digne de la série *Sept à la maison* : mari avec une bonne situation, maison, enfants, et tout le monde est heureux. Le problème, c'était que dans le fond, elle ne l'aimait pas, ou plus. Ils ont divorcé, et elle s'est rapidement trouvé un nouveau compagnon. Mais les douleurs les plus sourdes sont les plus dangereuses. Son ex-mari, un policier, n'avait pas apprécié de se faire larguer et remplacer aussi rapidement. Un jour, il est revenu dans la maison familiale, a attendu son ex-femme, ses enfants et son nouveau compagnon, a sorti son arme de service et a tiré à bout portant sur son rival avant de retourner l'arme contre lui. Je reprends Camus : « Beaucoup de choses meurent avec un homme. Les meurtriers ne savent pas cela, sinon, comment feraient-ils mourir ? » J'ai donc récupéré un homme adorable, certes, mais plein de blessures enfouies. Au quotidien, son hypersensibilité n'était pas toujours facile à gérer. Anieska l'avait surnommé « *crying man* ».

Retour au travail. Souvent, il faut me fouetter pour me faire retourner au travail après les vacances, mais là, l'idée de retrouver les collègues/amis me donnait envie d'y revenir rapidement. Quelques collègues pensaient que j'étais retournée en France pour de bon, et je fus ravie de constater que je leur avais manqué. Pourtant, on ne peut pas dire que je faisais partie des personnes les plus sociables. Il me restait cinq mois à vivre aux US, dont quatre au *Carillion*. Un an, c'est court. Huit mois que j'étais aux États-Unis et je commençais à peine à m'acclimater à ma nouvelle vie, à mon nouveau quotidien, qu'il me fallait me préparer à mon retour en France. Anieska, Natalia et moi étions devenues les meilleures amies du monde, on avait pris nos habitudes dans cette *Charm City*.

Vers fin janvier, je décide de me faire porter pâle pour passer le week-end à Washington DC avec Ethan pour son anniversaire. Il voulait absolument fêter ses trente ans avec moi. Il s'avérera plus tard qu'il avait menti et qu'il fêtait ses trente et un ans. Vendredi soir, on arrive à l'hôtel complètement bourrés, j'enfile une tenue sexy, et il me saute dessus avant que je puisse entamer la danse exotique que je lui avais prévue.

Le lendemain, direction Georgetown, dans la banlieue de DC. En y entrant, on peut croiser la maison utilisée pour tourner le film *Carrie au bal du diable*. J'étais déjà allée à Georgetown avec des collègues. Deux des filles étaient passées voir une médium qui demandait la modique somme de dix dollars pour lire les lignes de la main. Elles étaient revenues troublées, car elle avait dit à l'une qu'elle était trop dépensière et qu'elle n'aurait jamais d'argent dans sa vie, et à l'autre que sa vie s'abrégerait prématurément dans un accident de voiture. J'ai décidé de tenter l'expérience à mon tour, avec Ethan, complètement dubitatif. C'est par lui qu'elle commence : « Vous êtes trop sensible et trop gentil, les gens profitent de vous, vous aurez deux enfants, une fille d'abord et un garçon, une vie compliquée, vous vivrez au-delà de quatre-vingts ans… » À mon tour. La voyante ne regarde jamais dans les yeux et plonge son regard dans les paumes. « Tu es une personne forte à l'extérieur, mais très sensible à l'intérieur. Tu auras trois enfants, d'un seul père. Ta vie alternera business et voyages, je vois aussi beaucoup d'enseignement. Tu verras l'homme de ta vie avant la fin de l'année. » Je me souviens des grandes lignes uniquement, mais je me rappelle qu'elle m'a parlé d'éléments assez troublants de mon passé, d'endroits où j'étais allée, de choses peu banales vécues enfant. Elle avait aussi parfaitement décrit mes démons intérieurs du moment.

Après cela, j'aurais dû comprendre que je ne finirais pas ma vie avec ce jeune homme. Cela dit, je ne pouvais pas deviner à cet instant précis que tout s'arrêterait avant la fin de l'année…

Everything's gonna be alright

Février 2010. Au début du mois, j'arrive au travail et je vois une photo géante de moi placardée en arrière-salle avec écrit « *Employee of the month.* » Ha ! On se serait cru dans le film *Un prince à New York.* En récompense, un iPod, pour n'avoir jamais été en retard, avoir remplacé des collègues au pied levé, avoir été à 98 % du temps de bonne humeur, et super bosseuse. Je ne m'y attendais pas, je pensais que les seules personnes qui recevaient des récompenses étaient les chouchous.

Le cours de management de l'hôtel avait débuté pile au bon moment, car j'avais vraiment envie de changement. J'étais chef de rang la plupart du temps, mais comme je m'ennuie très vite, il me fallait autre chose pour me distraire ; Natalia aussi avait été promue chef de rang, ce qui faisait qu'on ne travaillait presque plus ensemble. Ce cours était le seul moment où on pouvait venir au boulot sans notre affreux uniforme. C'était étrange comme sensation, comme si le pouvoir de se démarquer des autres agissait sur notre façon d'être. Ou tout simplement on redevenait nous-mêmes, avec notre essence, nos propres idées, et les autres nous regardaient différemment, nous n'étions plus un membre lambda d'un même troupeau qui suit le mouvement.

La dominicaine Jasmine, ma partenaire de projet, m'avait fait comprendre que si j'en avais marre d'être chef de rang, je pouvais devenir barmaid. Un peu dubitative, mais favorable au changement, j'ai demandé au *Beverage director*, Mister J, de me former. Je ne sais pas si c'est une méthode américaine, mais cette façon de vouloir faire apprendre sur le tas était monnaie courante au *Carillion*. Demandez et vous recevrez ! J'arrive un jour pour mon *shift* et je vois « *Adama : bar* ». Je m'empresse donc d'aller voir Mister J en lui disant : « OK, je veux bien être barmaid, mais je n'ai pas le droit à un petit training avant ? » « Tiens » me dit-il en me filant la liste des principaux cocktails. Ce n'est pas mon genre de faire ça, mais c'était un événement avec deux cents personnes, et je ne le sentais pas de me rendre ridicule, donc j'ai refusé, pour reprendre mon rôle de chef de rang.

À la fin du *shift*, je me suis sentie nulle : « j'aurais dû essayer ». J'ai dit à Mister J de me mettre barmaid au prochain événement. Il m'a donc mise en binôme avec Jasmine pour un démarrage en douceur. C'était un petit événement où je ne servais pratiquement que des *Gin and Tonic* et du vin. Mais l'ambiance était fun ; les gens sont évidemment plus détendus au bar.

Suite à cela, Mister J m'a finalement donné une liste de recettes des cocktails principaux. Et un jour, j'ai dû tenir un bar toute seule. Jusqu'à la mise en place, tout allait bien, ensuite il a fallu servir les gens. Qu'est-ce qu'un *Shirley Temple* ? Y a quoi dans un *Manhattan* déjà ? Un *Screw what* ? *Screwdriver?* Deux heures de souffrance ultime, mais il fallait bien tenir le coup. Pendant ma pause, j'ai révisé mes cocktails classiques, ceux qu'on ne me demandait jamais, en fait. Les clients étaient très patients, lisant la détresse sur mon visage. Certains me soufflaient les recettes, d'autres compatissaient parce que j'étais française : comment savoir qu'un *Shirley Temple*, c'est un diabolo fraise ?

C'est donc ainsi que mon training s'est déroulé jusqu'à la fin, en avril ; un temps barmaid, un temps *team lead*. J'aimais aussi être *team lead*, me sentir responsable d'un groupe. C'était sans compter les petits incidents. Parfois, on m'affectait des serveurs plus âgés qui avaient du mal avec l'idée de se faire diriger par une petite minette ; parfois, c'étaient des serveurs hispaniques qui ne parlaient pas anglais, il fallait se faire comprendre avec les mains, un mix de français et d'italien. Dans les grands moments de solitude, il m'arrivait de demander à Natalia de faire la traduction pour moi.

J'ai adoré l'ambiance festive des bars et la pluie de pourboires qui allait avec. Un jour, un manager est venu me voir au bar pour me serrer la main. « Félicitations, vous avez eu la meilleure note à l'examen *Management Program* ! » Je me disais que toute cette expérience allait enfin me mener quelque part, la vie me souriait, succès au travail, amis, argent, amour ! Monsieur Powell voulait que je devienne concierge événementiel, mais ça impliquait de me séparer de mes super collègues et de ne plus travailler au bar. J'ai donc refusé, il ne me restait que quelques semaines, mon esprit était déjà en vacances.

Je n'avais pas trop rencontré les amis d'Ethan, qu'il qualifiait de *rednecks* peu enclins à fréquenter une peau foncée. Sa mère avait évolué, elle qualifiait notre relation de « dégoûtante ». L'hiver nous attaquait de ses tempêtes de neige et nous partions souvent en week-end dans les villes alentour pour échapper à la déprime saisonnière et à sa mère, qui, refusant de payer une assurance, préférait rester enfermée chez elle. D'un côté, je la comprenais, se casser une jambe peut vous coûter plusieurs mois de salaire aux États-Unis. La seule fois où j'ai mis le pied chez un médecin généraliste, cela m'a coûté 140 dollars. Heureusement, l'assurance souscrite pour mon visa remboursait 100 dollars. Je me disais qu'il était impossible d'être pauvre et malade dans ce pays, d'où une automédication à outrance. Lorsqu'on se retrouve dans une de ces « pharmacies », il y a un nombre infini de médicaments en libre-service pour toutes sortes de maux : on peut facilement acheter une boîte de 200 comprimés d'ibuprofène pour quelques dollars. Je soignais donc mes petites grippes ainsi, sans aller chez le médecin.

Je me souviens d'une fois où une collègue assez âgée était en arrêt maladie, et donc n'avait pas de salaire. On nous a proposé de l'aider en donnant de nos heures supplémentaires cumulées ou des heures de congés payés pour qu'elle puisse recevoir une petite rémunération pendant son absence. Pratique à la fois solidaire et triste.

Courant mars, une dernière surprise m'attendait. Après un matin de dur labeur, j'étais sur le point de raccrocher mon tablier quand Banks m'a interpellée de sa voix tonitruante : « Tu ne rentres pas, j'ai besoin de toi pour un événement spécial, il y a une célébrité qui vient, je ne peux pas te dire son nom, ça impliquerait un licenciement immédiat. » J'ai donc fait mon enquête auprès de Pierre le vigile, et découvert le nom de l'invité mystère : Will Smith. *Le prince de Bel Air*, *Men in black*, *I'm a legend*, *The pursuit of happiness*, j'ai cru devenir folle ! Banks n'avait pas besoin de moi, c'était une faveur qu'il m'accordait. À la dernière minute, il a décidé que je tiendrais le stand de café. L'occasion n'était pas très joyeuse, cela dit. C'était un repas de commémoration pour le père de son épouse Jada Pinkett, décédé quelques jours plus tôt. Jada et lui sont originaires de Baltimore.

À leur arrivée, pourtant pas du genre à m'émouvoir, j'étais dans tous mes états. Il se tenait là avec sa famille, à quelques centimètres de moi. Toute mon enfance a défilé, je n'ai même pas pu répondre à son bonjour. La station de café était placée dans le couloir, mais je trouvais tous les prétextes pour entrer dans la salle. Ça mange quoi, un Will Smith ? Ça boit quoi ? C'est sympa ? J'ai pu constater que l'hôtel avait sorti le grand jeu, avec les mets les plus délicats, du homard, des trucs de riches, mais lui piquait des frites dans l'assiette de son fils. Ça m'a fait sourire. De retour à ma station, le garde du corps de Will Smith m'attendait patiemment. « Je n'ai pas dormi depuis deux jours », me dit-il en souriant. C'est ainsi que je me suis retrouvée en pleine conversation avec le *bodyguard* des Smith, lui servant café sur café. Il ne m'a rien dévoilé de croustillant, bien sûr. Il m'a dit que suivre Will Smith dans ses déplacements était fatigant, et qu'il n'avait pas pu dormir depuis leur départ de Los Angeles. Il m'a aussi raconté qu'il avait suivi plusieurs stars, et que Will Smith était de loin celui qui se prenait le moins la tête. C'est ensuite le médecin de la famille et sa femme qui sont venus à ma rencontre, intrigués par la petite Française de Baltimore. Ils ne connaissaient pas le principe du visa J1. À la fin du repas, Will Smith a demandé qu'on rassemble l'équipe et nous a chaleureusement remerciés pour notre travail, avant de repartir tranquillement vers d'autres aventures. Merci Willy. Merci Banks.

À partir de là, mon esprit n'était plus du tout au travail. Le printemps pointait le bout de son nez, je voulais que ça se finisse. Mon dernier jour de travail a été normal, pas de remarques particulières. C'est à la fin du *shift* que je me suis rendu compte que les collègues avaient signé une carte d'adieu et qu'Anieska avait demandé à la pâtisserie de décorer une assiette à mon nom et d'y mettre une part de gâteau au chocolat. Adorable !

Last month

Mai 2010. Comme le prévoit le visa J1, nous avons droit à trente jours de grâce avant de retourner dans notre pays. De quoi organiser un dernier voyage entre amies… Porto Rico ! Anieska, Tanya, Johanna, Marcia, une nouvelle Roumaine, amie d'Anieska et moi prenons donc l'avion pour cinq jours de folie : sorties et plages au programme. Par l'intermédiaire de Jasmine, nous avons eu trois guides locaux et « *loco* ».

Porto Rico, c'était l'endroit où il fallait terminer cette aventure américaine. Cette fois, l'hôtel Continental nous accueillait. Pas un *Carillion*, mais tout aussi magnifique. Le patio, la piscine, le bar dans la piscine, le jacuzzi, les pina colada, les cocotiers, s'empiffrer de *monfogos* et d'*empanadas*, la musique latine : le paradis sur Terre.

Nous avons visité le vieux San Juan, la *Rain Forest* et la maison Bacardi, où le guide s'est entiché de Marcia, ce qui nous a valu des *extra-shots* de Cuba libre. Je me suis rendu compte qu'Anieska et Daniel, un de nos guides locaux, flirtaient. C'est vrai qu'ils allaient bien ensemble. Les soirs étaient réservés à la fiesta, c'est ainsi que nous nous sommes retrouvés dans un club de salsa. Si, jusqu'ici, j'avais toujours cru savoir danser correctement, une fois arrivée, en voyant les filles salsifier comme des diablesses avec leurs partenaires, en parfait contrôle, j'ai refusé d'aller sur la piste, ne me sentant pas à la hauteur. Ceci jusqu'à ce qu'un homme d'une soixantaine d'années m'y entraîne de force. Il m'a appris la salsa en une soirée, en corrigeant mes faux pas, en me dirigeant dans la bonne direction, et surtout en m'apprenant à laisser l'homme contrôler. Ce fut magique.

Sur cette bonne note, il était temps de rentrer dans notre chère ville de Baltimore. Le départ pour la France était imminent. Anieska, Natalia et Jasmine travaillaient, et j'étais en vacances. Drôle de sensation après un an de boulot intensif. Irem, devenue très proche d'Anieska, la sollicitait très souvent. Elle déprimait, car son fiancé de Turquie venait de lui annoncer qu'il la larguait et qu'il était en couple avec une autre. Loin des yeux, loin du cœur. Elle était perdue et ne voulait plus rentrer en Turquie. Anieska me disait qu'elle pleurait vingt-quatre heures sur vingt-quatre. Certains hommes ont le don de nous mettre dans tous nos états, même s'ils ne le méritent pas. *The Corrs* l'ont pourtant dit : « *And it's only love that can break a human being and turn him inside down.* » S'en est suivie une période courte, mais intense, de décisions étranges de sa part. Irem a décidé de se marier avec un gay en échange de 2 500 dollars pour obtenir une *green card*. Elle a ensuite entamé une relation avec son chef (le chef de la réception du *Carillion*), qui lui-même était marié et venait d'avoir un enfant. Après être tombée enceinte de lui, elle a fui dans un autre État. Encore aujourd'hui, je ne peux m'empêcher de penser qu'une femme, un jour, va apprendre que son mari a un enfant illégitime. Le passé aime beaucoup revenir nous botter les fesses quand on se croit à l'abri.

Pour ce qui en était de ma romance, Ethan était inconsolable, et surgissait la question de la relation longue distance. Je n'en voulais pas, surtout pas après avoir suivi l'affaire Irem. Je voulais que cela se termine sur une note positive et que chacun

continue sa route. Il ne voulait pas en entendre parler : « Ça va marcher » Il avait décidé de venir passer l'été en France. On s'est emballés en parlant de fiançailles, de bébés, de mon retour possible aux États-Unis, l'avenir était assuré.
C'est ainsi que, pleine d'espoir, le cœur rempli de souvenirs, j'ai repris l'avion pour la France, le 30 mai 2010.

Liberté, égalité, identité

Passons à la note cliché. Il est important de savoir d'où on vient pour savoir où on va. Aujourd'hui encore, je vois un énième article sur les gens des cités qui tiennent les murs, et le racisme ambiant du moment. Mais qui suis-je ? Bon, on est plusieurs à l'intérieur de ma tête, ça, j'assume. Mais qui est à ma base ? J'aime à penser que la génétique joue un rôle, les racines jouent un rôle. Quelles sont vos racines ? Mon arbre généalogique ne peut pas remonter très loin : à l'époque où mes arrière-grands-parents sont nés, il n'y avait pas d'actes de naissance. Pas de Kunta Kinte pour aller jusqu'à l'esclavage.

La phrase qui revient souvent chez les enfants d'immigrés comme moi est : « En France, on est considérés comme étrangers, et quand on retourne au pays, on est aussi des étrangers… » Je n'ai jamais eu de problème avec ma légitimité à être française. Je suis née en France, j'y ai fait mes études. Nous sommes enrichis d'une double culture et il est important de l'embrasser. Prenons mon pays d'origine, le Sénégal. Il fait autant partie de l'histoire de France que Clovis fut roi des Francs. Et puis merde, nos ancêtres se sont battus, sans leur consentement, pour sauver les fesses de la République. Personne n'a le droit de me dire que je ne suis pas française (alerte arrogance !)

Alors est venu le moment de vous embêter avec le peu de l'histoire de ma famille que je connais et de son parcours vers la France. Du côté de ma mère, ils sont burkinabés d'origine et ses parents sont venus s'installer au Sénégal dans l'espoir d'un avenir meilleur. Toujours la même histoire. Du côté de mon père, ils sont maliens, venus s'installer au Sénégal également. Tout ce petit monde s'est installé à Tambacounda, colonisé par la France. Donc voilà, j'ai du sang malien et burkinabé, et c'est pour cela que l'on parle bambara à la maison, et non wolof. Je sais, pour vous, c'est juste l'Afrique, mais c'est un peu comme si j'étais française avec du sang allemand et italien. Donc voilà ; après, tout se floute.

Commençons par maman. Ma mère a toujours été très méfiante envers les toubabs, les Français « blancs » en particulier. Elle nous disait, à mes frères et sœurs et moi, de ne jamais leur faire confiance aveuglément. Lors des matchs de foot, elle supportait n'importe quelle équipe, à part la France. Elle a toujours adoré l'équipe allemande, les Allemands en général et leur hymne national. Je n'avais jamais trop compris, mais il devait y avoir une explication. Un jour, elle m'a raconté une histoire.

Un homme de Tambacounda est parti pour la Deuxième Guerre mondiale. Il a été sur le front quelque temps, mais a finalement été affecté à la construction des chemins de fer. Par quelque concours de circonstances, il s'est retrouvé à la tâche avec un ami du même village. Un jour, les deux hommes se sont fait attraper par des soldats allemands, et, bien sûr, il leur était impossible de communiquer. De toute façon, ils faisaient partie du camp ennemi, donc leur sort était réglé. Les Allemands se sentaient d'humeur cérémonieuse et ont pris le temps de les attacher à un peloton d'exécution et de leur bander les yeux. Dans le noir, ils ont entendu les fusils se braquer vers eux, puis la voix d'un général allemand qui criait. Quelques secondes plus tard, on les a détachés et laissés partir en courant. Quelques mois plus tard, ils sont rentrés au village et ont raconté leur histoire. L'un des deux hommes était mon arrière-grand-père. Son ami, quant à lui, a perdu la raison. Il a passé le reste de sa vie à errer et à parler tout seul. Dans le village, on disait que son âme était passée de l'autre côté sur le peloton, parce qu'il se croyait déjà mort.

Mon arrière-grand-père est décédé avant la fin de la guerre. Le futur père de ma mère était son fils. Il était connu pour ses talents de cuisinier et de pâtissier, si bien que l'armée française avait investi sa maison pour en faire un restaurant. Eh oui, certains généraux se la coulaient douce au Sénégal, pendant que d'autres se faisaient tirer dessus sur le front. Sa petite famille était quand même autorisée à y habiter, car la maison/restaurant était très spacieuse. Un général a dit : « Après la guerre et tous les arrangements, nous partirons et tu récupéreras ta maison. » Le Sénégalais a dit : « Pas de problème, je continuerai à faire tourner le restaurant tant que vous serez là. » La fin de la guerre arriva, l'armée désertait pour retourner voir sa douce France. Le Sénégalais a dit : « Quand pourrais-je récupérer ma maison ? » Le général a dit : « Il n'y a pas de documents officiels qui prouvent que c'est ta maison, tu dois quitter les lieux immédiatement, nous restons. » N'ayant aucun moyen de se défendre, il est parti avec sa famille. Il a dû se refaire une vie et se reconstruire une maison avec du sable, de l'eau et du zinc.

Dix-sept ans plus tard, ma mère est née dans cette maison en sable. Maison qui est toujours là et où j'ai déjà dormi. Le Sénégal avait repris son indépendance et la pauvreté faisait rage. Ma mère a grandi dans la misère et la famine, son père était très pauvre, il y a des jours où ils ne pouvaient manger. Il est décédé lorsqu'elle avait dix-neuf ans, très sûrement de fatigue et de faim. Il se privait pour donner à sa femme et ses enfants. Dès lors, ma mère a toujours eu une certaine rancune envers ce pays qui lui a fait connaître la misère ; une certaine reconnaissance aussi, car il a donné une chance à ses enfants d'avoir une vie meilleure. Nous sommes un peu sa vengeance.

Du côté de mon père, l'histoire de la Seconde Guerre mondiale est plus courte. Son grand-père a été envoyé au front, mais il s'est pris une balle au niveau de la tête, ce qui l'a rendu aveugle. De retour au pays, la France a eu la gentillesse de lui verser une pension jusqu'à la fin de sa vie. Du coup, mon père n'a pas connu la misère comme ma mère. Du moins, dans sa famille, on mangeait à peu près à sa faim. Les perspectives d'avenir dans son village n'étaient pas très « enchantantes », cela dit. Après avoir fait l'armée et quelques déceptions amoureuses plus tard, mon père décida de partir à la conquête de l'Europe pour mieux subvenir aux besoins grandissants de sa famille. Le travail se faisait rare dans le coin. Il a donc pris son sac à dos et ses boîtes de sardines pour traverser le nord de l'Afrique à pied. Après quelques péripéties, il s'est retrouvé dans le sud de l'Italie. Pour situer, nous étions dans les années 1975-80. Il parlait français, mais pas un mot d'italien. Coup de chance, deux jours après son arrivée, alors qu'il errait dans les rues, un homme sort d'un bar et lui dit « *Cerca lavoro ?* » Mon père fait la connexion entre le français (« chercher labeur ») et le contexte, et comprend qu'on lui propose du travail. C'est ainsi qu'il est devenu plongeur.

Il était encore sans abri et dormait dans les gares. Certains cheminots lui indiquaient gentiment quels trains resteraient sur place pour qu'il puisse passer la nuit dans les voitures-lits. Les Italiens étaient ouverts et compatissants, et mon père a vite appris à parler la langue du pays. Il a fini par trouver un petit studio, sans chauffage, malgré l'hiver qui arrivait. Par une journée de cet hiver rigoureux, il prenait un café avec un gros morceau de panettone dans le bar où il travaillait. Il a aperçu un Italien qui avait l'air d'avoir faim et lui a proposé de partager son panettone tout en lui offrant un café. L'Italien l'a remercié en lui offrant plus tard une grosse couverture pour l'hiver. Mon père a souvent pris cette anecdote en exemple pour expliquer pourquoi il était important de faire le bien autour de soi.

L'Italie a donc été la première terre d'accueil de mon père. Ceci explique pourquoi j'aime tant ce pays et sa langue. Il a toujours parlé de l'Italie avec des étoiles dans les yeux. Mais les salaires étaient trop bas à son goût et, au bout de quelques années, il a décidé de partir tenter sa chance en Suisse. Rapidement, il s'est fait refouler, et rembarquer pour le Sénégal. C'est là qu'il a rencontré ma mère. Je vous passe les détails de leur histoire. J'ajouterai simplement que le père de ma mère lui avait dit qu'un jour, elle vivrait en France et qu'elle y serait plus heureuse. Mon père a pris cela très au sérieux et, lorsqu'il a retenté sa chance, c'était pour atterrir à Nanterre après avoir épousé ma mère.

Voyez : chaque personne, chaque famille a son histoire. Mais j'ai du mal à comprendre la délinquance venant des cités. Elle s'explique, les contextes familiaux sont forcément différents, mais dans notre cas, avec mes frères et sœurs, on s'est dit que si faire des études, ne pas tomber enceinte à quinze ans et ne pas vendre de la drogue, c'est tout ce qu'il faut pour leur rendre la pareille, il n'y a rien de plus facile.

Paris & Beaver Creek

Tournez une page

Juin 2010. *Home sweet home.* Ou pas. Le retour à Paris, et surtout Nanterre, après tant d'aventures, fut difficile. J'étais contente de retrouver famille et amis, mais je me sentais déconnectée. J'avais l'impression de me voir interagir avec les autres, mais mon cœur n'y était pas. Le problème, lorsqu'on part à l'aventure loin de chez soi, c'est que les autres sont restés dans leur quotidien, souvent plan-plan, et on ne veut pas non plus les bassiner avec nos aventures. « Allez, raconte ! » qu'on me disait à chaque fois. Mais je ne savais pas quoi dire. Les réactions sont différentes, aussi. Il y a les amis ravis pour vous et les jaloux. On se sent coupable d'avoir adoré être loin du quotidien. J'agaçais aussi certaines personnes avec mon franglais. On ne peut pas s'en empêcher : quand on a parlé dans une langue étrangère pendant plus d'un an, des fois, les expressions anglaises viennent plus vite ! Et puis j'avais grossi. Huit kilos dans la tronche. Ce qui est étonnant, c'est que je ne m'en étais pas vraiment rendu compte. Mais comme je suis d'un naturel mince, ça a choqué tout le monde, avec en prime quelques remarques désobligeantes – « Ah, t'es devenue une vraie Américaine ! », « T'as pris des joues ! », « Ah oui, quand même, on mange bien là-bas ! » – dont je me fichais royalement. Mais je pensais : « C'est vraiment des remarques de Français, pointer les défauts ! » Je revenais d'un pays où les femmes obèses portaient des mini-jupes sans aucun complexe et tout le monde s'en fichait...

Je n'avais qu'une envie, repartir. Mais je ne pouvais obtenir de deuxième visa avant au moins un an, donc je me suis mise à chercher du travail dans des hôtels de luxe sur Paris. J'ai envoyé plus de quatre-vingts CV en un mois. Peu de réponses me sont parvenues. Toutes négatives. « Merci de votre intérêt, mais… », « Malgré les compétences… », « Votre profil ne sera pas pour le moment... » Le cauchemar, un an d'acharnement pour rien. Je vivais chez mes parents et il me restait des économies, mais je voulais acquérir plus d'expérience. J'ai aussi tenté de m'inscrire dans un master de management hôtelier et j'ai passé tous les tests avec succès, mais, après réflexion, je pensais qu'il n'y avait rien de mieux que le terrain pour apprendre les métiers de l'hôtellerie.

Le mois de juillet arrivait, et Ethan aussi. Nous avions prévu de séjourner à Lyon, où il rejoindrait par la même occasion un ami d'enfance, puis à Paris. Les retrouvailles furent intenses. Beaucoup de joie, beaucoup de discussions sur l'avenir. C'est à peu près à ce moment-là qu'une voix intérieure me disait qu'il fallait que je fuie, mais je la taisais, j'étais trop bien sur le moment. Du haut de ses trente et un ans, il voulait avoir des enfants, se poser, une petite vie tranquille. J'avais vingt-trois ans, je voulais faire la fête, partir à l'aventure dans d'autres pays, et surtout je ne voulais pas d'enfants tout de suite. Mais le tableau qu'il proposait avait son charme. Je ne voulais pas me prendre la tête, il fallait repousser ces discussions importantes au plus tard possible. Nous nous sommes mis d'accord pour que j'aille lui rendre visite pour *Thanksgiving*, célébrant ainsi notre première rencontre, un an plus tôt, au mariage de son meilleur ami.

En attendant, j'enchaînais des missions d'intérim plus ennuyeuses les unes que les autres. Je me suis étiquetée assistante administrative polyvalente ou assistante de direction, et il a été impossible de m'en défaire. Le monde du marketing ne voulait pas de moi, le monde hôtelier restait muet. Une grande frustration montait en moi. Ma dernière mission eut lieu chez Lagardère. Je m'entendais bien avec mes collègues, qui me répétaient sans cesse que j'étais surqualifiée pour faire ce genre de travail. « T'es trop intelligente pour faire ça ! » Pensez-vous ? Le fait de ne pas m'être lancée dans le marketing après la fac ne m'avait pas rendu service. Ce qui, en soi, n'était pas grave si je pouvais faire carrière dans l'hôtellerie. Mais je n'y croyais plus trop.

Je pense qu'on est beaucoup de diplômés à passer par cette période creuse. On a notre diplôme en poche et personne ne veut de nous. « Vous n'avez pas assez d'expérience ! » qu'ils disaient. Et je fais comment pour avoir de l'expérience si personne ne me donne ma chance ? Je n'ai pas de patience et c'est mon gros défaut : je travaillerais dans n'importe quoi, parce qu'il me faut des sous ; je n'ai pas voulu attendre qu'une entreprise me donne enfin ma chance. J'avais quand même réussi à décrocher un entretien dans une branche française de la chaîne *Carillion*, où l'on a fini par me dire que je n'avais pas assez d'expérience, pour un job que l'on m'avait proposé au bout de huit mois aux États-Unis. Je fulminais. « Qu'est-ce qui ne va pas dans ce pays ? » C'est une question de système mal fichu. Combien de diplômés sans travail digne de ce nom ? Les recruteurs français ne nous font pas confiance et ne nous laissent pas notre chance : « Ah non, il te manque un millimètre pour entrer dans mon moule parfait, tu ne mérites même pas un entretien. » Les Anglo-Saxons sont plus ouverts et directs : « T'as pas l'air con, essayons, tu as ta chance. Si tu te foires, on te vire. »

Dans ce contexte, mon départ pour les États-Unis tombait à pic. J'allais enfin retrouver mon homme. Il était tout excité, mais il y avait un hic. Sa mère, toujours raciste, ne voulait pas me voir et nous devions passer *Thanksgiving* loin de sa famille, à New York.

24 novembre 2010. Me voilà dans ma chambre d'hôtel. J'avais choisi un *Carillion*, car je pouvais encore avoir des réductions grâce à mes anciens collègues. Ethan arrivait en voiture de Baltimore. Les retrouvailles ne furent pas aussi chaleureuses qu'en juillet. Il était froid.

Le lendemain, c'était *Thanksgiving*, où nous avons prévu d'assister à la parade sur Times Square, puis de nous rendre dans un restaurant digne de ce nom pour déguster un repas de fête. Là, j'ai remarqué que son visage était sombre. Il regardait continuellement son portable et parlait peu. Je lui ai demandé ce qui n'allait pas et il a fini par avouer qu'il aurait préféré passer *Thanksgiving* en famille, celle-là même qui ne m'acceptait pas. J'ai pris sur moi pour ne pas exploser, mais lui ai tout de même rappelé sur un ton un peu sec que je lui avais proposé de venir plus tard. « Non, mais ça va passer, c'est pas grave » a-t-il répondu.

Le quatrième soir, de retour d'une pièce de théâtre, nous sommes revenus à l'hôtel après un dîner des plus désagréables, où il avait les yeux constamment rivés sur son portable et refusait toujours de me dire ce qui le minait. Il s'est couché en me tournant le dos et en plaçant un oreiller entre nous. Au milieu de la nuit, je ne dormais pas et je me suis installée sur le canapé. Nous devions avoir *Ze* conversation, celle qui annoncerait sûrement la fin de l'aventure. Le problème, c'est qu'il nous restait une semaine à passer ensemble à Baltimore.

Lorsqu'Ethan s'est réveillé, je l'ai vu tâter le lit à ma recherche. J'ai allumé la lumière. « Nous devons parler » lui dis-je. Ce fut une conversation étrange, où chaque phrase me transperçait telle une lame froide. Mon cerveau ne voulait rien intégrer, tout était devenu flou. Je respirais fort, je bouillonnais. Je me souviens qu'il disait qu'il ne m'aimait plus comme avant, que la distance ne lui allait pas, que c'était trop lourd de devoir appeler tous les jours, que mes conversations n'étaient pas assez intéressantes, qu'il fallait que je sois physiquement présente, etc., etc. Alors soudain, tout était de ma faute ? La colère prit place, mais je n'ai pas crié. C'était une colère froide. J'ai demandé s'il fallait que je reparte en France tout de suite. Il a fini par dire qu'il avait besoin de vider son sac, mais que maintenant tout irait bien.

Non, tout n'irait pas bien. La semaine à Baltimore était des plus hypocrites. J'étais déçue, mais il fallait survivre à cette semaine. Il répétait sans cesse qu'il fallait qu'il se réhabitue à moi. Je ne pouvais rien faire contre ça, il ne voulait pas encore admettre que c'était la fin. Puis il a fallu que je rentre à Paris.

6 décembre 2010, le jour de mon retour, installée dans ma chambre d'ado, je me connecte sur Gmail et y trouve un email d'Ethan relatant ce qui s'était dit un soir dans cette chambre d'hôtel new-yorkaise. « Laisse-moi le temps de réfléchir ».

C'était la dernière phrase de l'email, qui précisait que je ne devais plus le contacter et attendre sa décision.

Silence radio. Je finis par le contacter pour ne plus rester dans l'attente. Réponse : « Je t'ai dit de me fiche la paix, s'il te plaît ! » À partir de là, l'*Ice queen* en moi a voulu reprendre le dessus, pour me protéger sûrement. *He's dead.*

Retour aux premières amours

Dans mon malheur, si on peut l'appeler ainsi, des choses positives arrivaient. Me morfondre n'est pas dans mes habitudes. J'avais repris les cours de danse, les relations avec mes amis étaient redevenues assez normales à mon goût, et j'avais enfin reçu une proposition d'entretien pour un poste d'agent commercial, ou plutôt, de réservation, trilingue dans un hôtel quatre étoiles à Paris, l'Hôtel des Galeries.

En entrant dans le hall, je me sens à la maison. Qu'est-ce que j'aime les hôtels de luxe ! La petite musique d'ambiance, le bar, l'accueil, les uniformes, la clientèle, la décoration : tout est magnifique. Le maître d'hôtel m'accueille au bar le temps que mon interviewer arrive. L'entretien se passe plutôt bien, on teste mon anglais, mon italien, puis on me dit que j'aurai bientôt une réponse. Sur le chemin du retour, je donne deux euros à un sans-abri en priant pour lui, comme d'habitude, et aussi en pensant « Porte-moi chance ! » Coïncidence ou non, dix minutes plus tard, je reçois un coup de fil : « Votre candidature a été retenue, quand pouvez-vous comme ? » Je veux passer les fêtes de Noël tranquillement, donc nous convenons que je commencerai après.

7 janvier 2011. Il a d'abord fallu choisir un uniforme : jupe ou pantalon. J'ai choisi pantalon. Contrairement à l'uniforme horrible et informe que j'avais à Baltimore, celui-là était plutôt classe. Veste et pantalon gris, chemise mauve. Sur mon badge, il y avait trois drapeaux représentant les

langues que je connaissais. Le grooming restait le même, pas de tatouage visible, pas de piercing, pas de vernis de couleur flashy, cheveux attachés, chaussures sombres et maquillage léger de rigueur. Un lot de deux ou trois uniformes nous sont confiés, à stocker dans notre casier, le département *housekeeping* étant chargé de nettoyer nos uniformes. C'est une chose que j'ai apprise avec le temps : les avantages d'un hôtel à un autre ou d'un service à un autre sont différents. Au *Carillion*, nous étions responsables de la propreté de nos uniformes. Nous pouvions aussi entrer par la porte principale, contrairement à la plupart des hôtels de luxe, où nous devons passer par la porte de service.

Je n'avais aucune expérience en réservation et ne connaissais aucun logiciel. Mais grâce à mes différents jobs en intérim, j'avais été amenée à apprendre de nouveaux logiciels très rapidement, donc cela ne m'inquiétait pas. Je devais faire de l'observation la première semaine et apprendre un max de choses sur l'hôtel. Certains hôtels combinent le service de résa avec la réception, seul job que je refuse de faire en hôtellerie (peut-être avec la conciergerie). Je pense même que si je devais choisir, je préférerais être femme de ménage. J'admire ceux qui résistent à ce job. La réception, c'est le bureau des doléances. Les réceptionnistes sont l'image de l'hôtel. Ils doivent être charmants, aimables en toutes circonstances. Ce sont en général les premières personnes auprès de qui on va venir se plaindre si quelque chose ne va pas. Tout est toujours de leur faute, et tout ça, avec le sourire.

Les métiers de l'hôtellerie demandent que l'on ait un grand sens du larbinisme, et surtout de savoir prendre sur soi. Et dans ce genre d'hôtel à la clientèle qui veut tout pour hier, je pourrais vite me faire virer en réception. Mon visage est bien trop expressif quand on me tape sur les nerfs. Au téléphone, on peut faire des doigts d'honneur et insulter silencieusement l'abruti à l'autre bout du fil sans problème ; en restauration, on peut faire ça en arrière-salle (comme cracher dans une assiette ou une boisson).

Je précise que, sur dix clients, il y en aura peut-être un ou deux de très exigeants. Il me semble important de savoir garder la face et gérer les situations, mais on doit pouvoir s'exprimer. Le client est roi, mais j'ai vu beaucoup trop de collègues pleurer pour avoir été maltraités par l'un d'eux. C'est souvent nerveux et dû à la fatigue. C'est le risque du métier, dirons-nous. Dans les salles de repos pour employés, ils devraient ajouter un punching-ball.

Ma semaine d'observation fut intéressante. Nous étions une petite équipe de cinq, le manager et nous. Ils ont décidé de diviser le travail ainsi :

*Le standard, où la personne transfère les appels vers les bons services, dispatche les appels pour les réservations et intègre les réservations dans le logiciel. Parfait pour les jours où on a la flemme de gérer les clients.

*Les emails : où la personne s'occupe de gérer tous les emails et fax reçus des clients, du personnel et des agences de voyages, tout en répondant aux appels.

*Les appels : où la personne ne s'occupe que des réservations.

*Les « vérifs » : où la personne répond aux appels, mais doit aussi vérifier toutes les réservations en version papier sur une période donnée, et que les bons codes et les bons tarifs sont intégrés. Long et fastidieux.

L'équipe tourne sur chaque poste. Tout le monde tire la gueule quand c'est à son tour de faire les vérifs. Ça peut paraître simple, et en effet ce n'est pas le job le plus difficile que j'ai eu à faire, mais les appels n'arrêtent pas. À partir du moment où on ouvre le standard, c'est du non-stop, car nous gérons les appels du monde entier. Contrairement à mon expérience américaine, la clientèle était beaucoup plus variée. Japonais, Italiens, Espagnols, Anglais, Américains, Chinois, et j'en passe. D'où la nécessité d'avoir une équipe polyglotte. On manquait de langues asiatiques, mais on s'en sortait avec l'anglais. À nous tous, on couvrait les langues les plus utiles pour l'hôtel : anglais, allemand, espagnol et italien. C'est pendant cette expérience que j'ai compris le vrai sens de « différences culturelles ».

Au bout de deux semaines, j'avais appris la plupart des codes d'intégration, je connaissais le speech de la parfaite réservation, à moi l'autonomie ! Ma collègue des îles était impressionnée par la vitesse à laquelle j'avais appris tout cela. Je peux me vanter d'avoir une bonne mémoire, ce qui m'aide beaucoup dans ce genre de travail. Les premières prises d'appels étaient plutôt correctes ; ayant travaillé dans un *call center* auparavant, je n'avais aucun stress. Notre bureau était situé juste à côté de ceux des commerciaux et du directeur. La réception était en dessous de nous.

C'est plutôt idiot, mais j'étais ravie de travailler dans un bureau, d'avoir des horaires aussi normaux que possible dans le milieu hôtelier. Par exemple, nous ne travaillions pas le week-end, ou juste un samedi par mois. J'aimais arriver le matin et monter au bureau : ne pas avoir à interagir physiquement avec la clientèle avait un côté reposant. Il y avait quelques occasions où l'on pouvait rencontrer le client : pour lui faire visiter des chambres ou parce qu'on avait bien géré sa réservation et qu'il voulait nous voir en personne à son arrivée.

Côté équipe, il y avait une bonne ambiance. Nous avions Kim en manager, très compétente, mais assez facilement sous stress ; Jocelyne des îles, la force tranquille ; Davide, moitié italien, plein de joie, et toujours en retard ; et Nicole, néerlando-camerounaise. Le courant est vite passé, sauf avec Nicole, où cela a pris un peu plus de temps. Le jour où on lui a dit que je devais être en observation au standard avec elle – on ne l'avait apparemment pas prévenue la veille – elle a soupiré, levé les yeux au ciel et a montré une amabilité hypocrite toute la journée. Elle s'est calmée progressivement, sentant que j'essayais d'envahir son espace le moins possible. Avec ce genre de personnage, je me dis qu'il y a de l'obscurité dans leur histoire personnelle et je leur laisse une période d'essai de quelques jours avant de savoir si je vais les ignorer pour de bon. Je l'ai donc observée et j'ai constaté qu'elle s'entendait très bien avec Davide. Ils avaient tous les deux un côté *biatch* assez marrant quand ce n'était pas à nos dépens. Le courant passait très bien avec Jocelyne également. Il aurait été très difficile de ne pas s'entendre avec elle, cela dit. Très gentille, sans se laisser marcher sur les pieds.

Ma petite tête d'ange pousse souvent les gens à la confidence. Un matin où j'étais d'ouverture avec Nicole et que le standard n'explosait pas, elle se confia à moi. Par respect pour elle, je ne m'étalerai pas sur la question, mais elle a eu une jeunesse difficile, ce qui l'a poussée à devenir assez solitaire et fan de chats. Son manque de confiance en l'espèce humaine me parlait, mon enfance n'ayant pas été dorée. Elle a vite compris que je ne la jugerais pas.

C'est avec grand plaisir que, après ma période d'essai de dix jours, on me confirma que mon travail était satisfaisant et que, faisant désormais partie de la famille, je devais faire l'expérience client pour pouvoir promouvoir l'hôtel correctement.

Montagnes russes d'émotions

Mon séjour d'observation a commencé un lundi après mon *shift*. Je finissais à 16 heures, de quoi bien profiter de ma chambre. Kim m'avait réservé une chambre *Deluxe*, car les *Junior Suite* étaient prises. Je devais descendre dîner à 18 h 30. Au restaurant, l'équipe a fait en sorte de m'accueillir comme un client lambda. J'avais le droit de commander ce que je voulais, de l'entrée au dessert, le chef de salle ayant choisi mon vin d'avance. L'expérience fut très agréable, même si je savais que le lendemain matin je reviendrais au même endroit, de l'autre côté du rideau.

Je suis revenue dans ma chambre, me suis installée telle une princesse, et j'ai procédé à mon rituel d'hôtel de luxe : prendre un bain, enfiler un peignoir et mettre Mariah Carey à fond. J'ai commandé mon petit-déjeuner en laissant le formulaire sur la poignée de la porte et me suis endormie comme un bébé. À 7 heures tapantes, on a frappé à ma porte pour me servir mon petit-déjeuner. Le serveur avait pris soin de « déclocher » chacun de mes plats afin de me les présenter. Certains clients adorent ces attentions, ils se sentent moins insignifiants. Pour ma part, il est 7 heures du matin, je suis dans les vapes, je veux juste que l'on dépose mon plateau et que l'on dégage. Mais qui suis-je ? J'ai patiemment écouté son discours et je l'ai remercié chaleureusement.

À 9 heures, je suis arrivée au restaurant toute contente, en plein service de petit-déjeuner buffet. Les souvenirs et les réflexes de Baltimore ont vite refait surface. Le chef de rang n'avait pas beaucoup de choses à m'apprendre. J'étais chargée de surveiller un des buffets et de débarrasser les tables. Tout s'est bien passé. Le directeur a dû faire appel à moi pour une famille italienne qui ne comprenait pas pourquoi ils ne pouvaient pas apporter la nourriture du buffet en chambre. J'ai dû leur traduire que c'était pour des raisons sanitaires. S'ils tombaient malades pour cause de mauvaise conservation des tranches de jambon, la responsabilité de l'hôtel serait engagée. Par contre, ils pouvaient prendre des pommes. C'était la première fois que je parlais italien depuis que j'avais commencé, et ça faisait du bien.

Malgré mon amour pour le département *Food and beverage*, j'étais quand même ravie de rejoindre mon bureau après le service. Je me suis rendu compte que j'aimais vraiment l'hôtellerie et que, plus tard, il me faudrait un poste avec un bon équilibre entre job de bureau et interaction avec les clients. Le *floor* est épuisant, mais on rate le fun en restant coincé dans un bureau.

C'est à cette période qu'Ethan avait décidé de refaire surface ; il voulait qu'on reste « amis ». On se contactait assez souvent. Il était incertain, disait avoir des sentiments, mais ne plus être amoureux, car loin des yeux, loin du cœur. J'avais vraiment l'impression d'être une girouette à la merci de ses états d'âme. Un coup ravi d'avoir de mes nouvelles, un coup indifférent et froid. Dans une ultime tentative de lui faire dire ce qu'il voulait vraiment dire, j'ai finalement reçu l'email de la rupture. Ambigu, car il disait ne pas être fermé à l'idée que l'on reprenne notre relation si je devais revenir aux États-Unis à la fin de l'année.

Est-ce que je me trompe en pensant que de

nombreuses femmes sont passées par ces phases ? L'homme indécis qui ne veut plus de vous, mais est trop lâche pour vous le dire directement et vous laisse des messages confus. Honnêtement, je préfère que l'on me dise, sans prendre de pincettes, que c'est fini et qu'on n'a plus de sentiments pour moi, plutôt que de laisser entendre qu'il y a de l'espoir. Ma raison avait compris le vrai message : c'était fini. Mais j'avais du mal à comprendre qu'un homme qui voulait être le père de mes enfants trois mois plus tôt ait subitement décidé de faire de moi une étrangère. J'étais en colère contre lui, et surtout contre moi pour m'être laissée embarquer. Quelle perte de temps ! Heureusement, j'avais un travail sur lequel me concentrer.

Les semaines passaient sans trop d'encombres, jusqu'au jour où j'ai failli sortir de mes gonds. Je traitais un dossier pour une Anglaise qui payait un séjour à ses parents. La somme étant conséquente et elle m'avait demandé de ne pas débiter sa carte immédiatement, bien que le tarif choisi était à débit immédiat. Nous avions une bannette où étaient déposés tous les dossiers à paiement différé du mois. J'avais noté en rouge de ne pas débiter la carte. Malheureusement, Davide a fait passer le paiement sans prêter attention à mon Post-it. « J'ai vu qu'elle n'était pas débitée, je l'ai donc fait. » La cliente était furieuse, car sa banque s'était empressée de lui faire payer des frais de découvert.

Ce n'est pas l'erreur de Davide qui m'a énervée mais la réaction de Kim. Évidemment, dans ce genre de situation, c'est au manager de gérer le problème. J'ai donc écouté sa conversation avec la cliente, et apparemment tout était de ma faute ! J'ai donc reçu un email salé de la cliente, qui m'aurait étripée si elle m'avait eue en face. Ne pas pouvoir se défendre est un feeling horrible. Et surtout, pour une manager, j'estimais que rejeter la faute sur une personne était tout simplement de l'incompétence. Moi, en tant que simple membre d'équipe, lorsque je reprends la bourde de quelqu'un, je ne dis jamais : « Désolé, c'est X qui a fait l'erreur, mais je vais rectifier le tir. » Jamais ! Je m'excuse auprès du client au nom de toute l'équipe, sans désigner de personne en particulier. Pourquoi ? Parce que le client n'en a rien à foutre du *drama* qui se passe de notre côté, il veut juste qu'on règle son problème. Le reste se voit en interne.

On pense parfois que je ne veux pas me défendre. Pour ceux qui croient un peu à l'astrologie, je suis Sagittaire. J'ai lu un jour une description que j'ai trouvée valable. Elle disait : « Le Sagittaire au positif est plutôt optimiste et spirituel, il semble être indifférent à beaucoup de choses que certaines personnes trouvent importantes, ce qui peut faire penser qu'il est froid. Par contre, n'entrez jamais en conflit avec un Sagittaire, il vous détruirait. »

Au cours de la conversation de Kim avec ma cliente, je bouillonnais. Je me disais : « Dès qu'elle raccroche, je lui fonce dedans ! » J'estimais que j'aurais très bien pu gérer le problème toute seule. J'avais eu mon lot de clients en colère, depuis le temps. Davide se sentait mal. La tension montait. Lorsque Kim raccrocha, elle tremblait. Kim est le genre de personne qui déteste les conflits, elle préférerait se pendre plutôt que s'engueuler avec quelqu'un. Elle savait qu'elle avait mal géré le conflit, elle avait vu et senti mon regard furieux. Et je me suis dit que vu son état, j'aurai facilement pu la faire pleurer. Je me suis calmée, elle a évité mon regard toute la matinée et j'ai décidé de la laisser tranquille.

J'ai moi-même recontacté la cliente pour m'excuser. Elle s'est elle-même excusée d'avoir été aussi désagréable ; elle avait compris que tout n'était pas de ma faute, mais le stress l'avait fait réagir de cette façon. Comme face à toute personne énervée, il faut juste laisser le temps de se calmer. À partir de cet incident, j'ai appris à garder mes dossiers dans ma bannette, et non dans la commune. Celle-ci a justement été créée pour éviter les oublis et faire en sorte que nos dossiers soient gérés en notre absence, mais je préférais faire confiance à ma mémoire.

Quelques jours plus tard, une mauvaise nouvelle tombait dans ma famille. Ma grand-mère maternelle, vivant en Afrique et diabétique, venait de se faire amputer la jambe suite à une gangrène. Je voyais ma mère légèrement soulagée, car le médecin avait trouvé cette solution pour lui sauver la vie, mais j'avais un mauvais pressentiment. À l'annonce de la nouvelle, je n'ai pas pu m'empêcher de penser : « Elle va se laisser partir. » Trois semaines plus tard, nous avons appris son décès.

Je n'ai pas perçu la douleur de cette perte à la maison. Ma mère ne s'est pas étalée sur le sujet et préparait les cérémonies de rigueur avec une force tranquille. Je ne l'ai pas vue verser une seule larme. Lorsque je lui ai demandé comment elle allait, elle s'est contentée de me dire : « Oui, ça va, c'est la volonté de Dieu, on ne peut rien y faire. » Je me suis imaginée quelques secondes à sa place. Si l'on m'annonçait le décès de ma mère, je ferais probablement une crise de démence, suivie d'un discours bien salé à notre créateur, suivi d'une dépression bien aiguë de quelques mois. D'où venait cette force, pensais-je ? L'acquiert-on avec les années et l'expérience ?

Bref, ce mois de février n'avait pas du tout été joyeux.

L'ingénue

Mars 2011. J'ai découvert le principe du *day-use*. Certains clients louaient une chambre une demi-journée pour la modique somme de 100 euros. Nous avions une liste de clients habitués des *day-use* dans notre base de données. La plupart étaient managers ou chefs d'entreprise travaillant dans le coin souhaitant un environnement calme pour travailler hors du bureau. Dans ma grande naïveté, je trouvais cela tout à fait plausible. Un jour, je reçois un appel d'un homme qui souhaitait réserver un *day-use*. Comme d'habitude, après avoir vérifié les disponibilités, je lui demande son nom, son numéro de téléphone et son moyen de paiement.

– Madame, j'arrive dans une heure, je paye cash, vous n'avez pas besoin de mon nom et de mon numéro de téléphone.

Et là, ça m'a frappée.

– Vous serez seul ?

– Non, quelqu'un me rejoindra plus tard.

J'insistais cependant, car la politique de l'hôtel m'obligeait à indiquer au moins un nom et un numéro de téléphone. Pour le numéro, je me suis contentée de l'affichage automatique, mais ce client refusait de donner son nom. Dans ma tête, je me disais : « J'en ai rien à foutre de ton nom, invente-le si tu veux. Si tu as un problème avec ta conscience, ça ne me concerne pas. »

– Monsieur, j'en ai juste besoin pour enregistrer la réservation dans mon ordinateur, ce n'est diffusé à personne, créez un faux profil si vous voulez, dis-je calmement avec un sourire narquois.

– Ah bon, euh... Mettez juste « Monsieur Dupont », j'arrive.

Je me suis empressée de raconter cette drôle de conversation à mes collègues, qui avaient l'air amusés de mon incrédulité. « Il trompe sa femme, le con ! Ah bah, y en a plein ! Par exemple, Monsieur Selman vient tous les jeudis avec une pute de luxe différente et des fois les week-ends avec sa femme et ses enfants. Et puis Monsieur... »

Nous avons même eu le droit à des aveux, un jour où un client, qui refusait de décliner son identité, avait fini par lâcher : « Bon, si vous voulez tout savoir, je trompe ma femme, vous êtes contente ? » Que dire, à part : « C'est votre vie personnelle, je ne suis pas là pour juger (juste pour te pourrir auprès de mes collègues). À quel nom, la réservation ? »

Le plus délicat à gérer à mes débuts, c'était ce fameux appel : « Il est ici mon mari ? J'ai appelé plusieurs hôtels. » Un habitué, que nous appellerons Monsieur Zargos, nous avait spécifiquement demandé de bloquer les appels de sa femme. Il avait ses *day-use*, des fois pour effectivement travailler, et d'autres pour sa maîtresse. Il nous précisait la raison de sa visite à chaque fois, car nous devions transférer des appels pro lorsqu'il travaillait. Madame Zargos appelait très souvent. Je me sentais si coupable de devoir refuser de lui passer son mari en inventant des excuses stupides ! J'en voulais à cet homme de me mettre au cœur de son mensonge. Un jour, elle m'a dit : « Vous savez, vous pouvez me le dire, je ne suis pas née d'hier et je ne viendrai pas faire un scandale à l'hôtel. » Je lui ai donc dit la vérité. Chose totalement interdite, mais si l'affaire devait me retomber dessus, que risquais-je ? Ce n'était pas le job de ma vie non plus ! C'est dans ces situations où la limite entre professionnalisme et simple humanité devient ambiguë. Ai-je eu raison de le faire ? Je ne sais pas, mais après, je me suis sentie bien.

Dans la série des appels étranges, nous avions un homme, Monsieur Gicquel, que Nicole m'a transféré un jour en riant et en me disant : « Je ne te dis rien, tu verras »

– Bonjour Madame, je pensais faire un séjour au Canada !

– Très bien. Souhaitez-vous que je vérifie les disponibilités au Canada ?

Nous avions la possibilité de réserver des hôtels de la même chaîne en cas d'urgence. Mais la plupart du temps, nous devions transférer l'appel au service résa mondial.

– Vous savez, on m'a dit beaucoup de bien du Canada, vous pensez que je fais bien d'y aller ?

– Oui, tout à fait, dans quelle ville dois-je vérifier les disponibilités ?

– Je ne sais pas encore, vous avez des hôtels *Astriah* là-bas, c'est votre plus haut de gamme ?

– C'est exact.

– C'est combien ?

Une très longue conversation s'en est suivie, sur le choix de sa compagnie aérienne, du type de chambre, pour au final me dire de ne rien réserver et qu'il rappellerait. Toute l'équipe gloussait. Nicole finit par me dire : « Il s'invente une vie ! Il appelle toujours sans jamais rien réserver depuis deux ans. On pense qu'il est âgé et seul, c'est un moyen pour lui de parler à quelqu'un. » Étrange et divertissant personnage, cela dit. Notre numéro de téléphone avait par ailleurs un seul chiffre de différence avec celui de SOS Amitié, ce qui nous valait quelques autres appels du genre de temps en temps.

Mi-mars. La fête du personnel allait bientôt avoir lieu, sur le thème de Bollywood. Pour l'occasion, l'équipe *Events* avait réservé notre plus grand salon, avec buffet indien, vin à volonté, tombola, et piste de danse. Pour ce genre d'occasions, les membres du personnel se font souvent la guerre pour être de repos le lendemain ou sur un *shift* du soir. La soirée ayant lieu un vendredi, aucun problème pour l'équipe réservation, puisque nous ne travaillions point le week-end. Kim avait fait en sorte que je puisse venir, mais sans que je puisse inviter de personnes extérieures à l'hôtel comme les autres. Le personnel travaillant le lendemain où les managers pouvaient rester à l'hôtel pour la nuit.

Étant fan de l'Inde, j'étais excitée comme une puce et ravie de pouvoir enfin mettre ce magnifique sari que m'avait offert un ami deux ans plus tôt. J'étais de fermeture, soit 20 heures, et j'ai pu me changer dans la chambre de Jocelyne, venue avec son mari. Elle avait pu avoir une chambre, en tant que meilleure amie de la cheffe de la réception. Quand je suis arrivée, quelques langues de vipère s'étonnaient que je puisse être de la fête, étant « seulement » en CDD. De plus, Kim m'avait autorisée à piocher un ticket de tombola. Une partie de moi pensait qu'elle faisait tous ces efforts pour s'excuser du dernier épisode.

Dans la salle, décorée aussi luxueusement que si ça avait été un mariage indien de personnes très aisées, un maître d'hôtel nous accompagnait à notre table et les serveurs s'empressaient de remplir nos coupes de champagne. Davide avait invité

Martin, de l'équipe réception, son meilleur ami au travail, à notre table. Un gay à la langue bien pendue et d'une gentillesse exemplaire. Au cours de la soirée, après quelques fous rires et plusieurs verres de vin, il me dit : « Tu sais, au début, j't'aimais pas du tout, mais t'es cool en fait. » Je souris. Il y a souvent deux écoles, ceux qui m'adorent et ceux qui me détestent. C'est vrai que les personnes qui ne prennent pas le temps de creuser peuvent me trouver froide, antipathique et hautaine. Il n'y a pas de fumée sans feu ; je me définirais comme une asociale sociable. Je n'aime pas particulièrement interagir avec la race humaine, j'aime être discrète et qu'on me remarque le moins possible, mais je sais mettre mon masque de sociabilité et me fondre dans n'importe quel milieu, si le cœur m'en dit.

Arriva la tombola, où chaque numéro appelé devait aller piocher une enveloppe dans un sac et découvrir son cadeau : des voyages, des bons pour des spas, des appareils électroniques, des orchidées. Je ne m'attendais à rien en particulier, ma voisine venant de piocher une énième orchidée. Le présentateur ouvrit mon enveloppe et cria : « Un week-end pour deux à Madrid, deux nuits dans un de nos hôtels, petit-déjeuner offert. » Moi qui n'avais jamais mis les pieds en Espagne, j'étais ravie ! Peu de temps après, place à un spectacle de danse Bollywood et ouverture de la piste. C'est toujours amusant de voir ses managers et autres directeurs saouls et déchaînés sur une piste de danse.

Long fleuve tranquille

Avril 2011. Mes pires ennemis : les agences de voyages. Dans un souci de lécher les pieds à leurs clients aisés, elles leur promettaient toujours des choses sans en vérifier la faisabilité au préalable. Miguel était le concierge de luxe qui nous appelait le plus souvent. Il préférait mentir à ses clients et nous emm... par la suite. J'avais des rapports très tendus avec lui, et, contrairement au reste de l'équipe, je le lui faisais bien comprendre. Il choisissait les périodes où nous étions déjà surbookés pour promettre des suites à ses clients.

– Je suis désolé, Adama, mais j'ai déjà confirmé au client la réservation, il faut faire quelque chose.

– Désolé, on est vraiment complet, ce n'est pas une feinte pour garder quelques chambres sous le coude !

Ce charognard a donc décidé d'appeler le *revenue manager*, qui s'est empressé de lui dire oui. Miguel était ravi : « Tu vois, j'ai obtenu ce que je voulais, faut être plus gentille ! » Le *revenue manager* est venu me voir en disant : « Ces agences sont très importantes, on ne peut pas leur dire non comme ça. » J'ai acquiescé sans broncher. Il était sympa, mais enfermé dans sa bulle de manager, son sens commun l'avait abandonné. L'avenir m'a donné raison. En cette période de salons parisiens, l'équipe *revenue management* avait décidé d'ouvrir plus de réservations que de chambres disponibles. En sortant les rapports, nos yeux sont sortis de nos orbites. Comment héberger tout ce monde ? Nous prenions en compte les annulations de dernière minute et les *no-show*. Mais même avec cela, j'étais sûre qu'on courait à la catastrophe.

Un matin, en arrivant, je vois Kim l'air paniqué. « On est surbookés, notre boulot d'aujourd'hui, c'est d'appeler nos collègues des alentours et de délocaliser certains clients. » « Ils vont être ravis », pensais-je. Plusieurs clients arrivés du bout du monde se sont entendu dire qu'ils n'auraient pas de chambre et que nous devions les changer d'hôtel. Lorsqu'on m'a demandé de faire des heures supplémentaires, j'ai bien sûr refusé : « Désolé, j'ai quelque chose de prévu. » Le *revenue manager* était livide. Je suis plutôt généreuse au travail et accepte souvent de travailler plus que prévu, mais seulement pour la bonne cause. Nous savions déjà que sa stratégie allait planter et je n'avais pas envie de participer au carnage. Le lendemain, on a voulu me faire un rapport sur la veille, mais je n'écoutais rien.

À force de côtoyer plusieurs nationalités, certains profils ressortaient. Les Français bataillaient toujours pour ne pas donner leur numéro de carte bancaire en garantie, les Japonais demandaient des chambres fumeurs à 90 % du temps, les Italiens étaient les rois du *no-show*, les Russes étaient très exigeants et assez froids au premier contact, les Américains étaient assez relax et enjoués, et avaient une perception assez amusante des Français. Beaucoup demandaient si Paris était dangereux. Un couple était un jour arrivé à la réception pour le check-in et avait demandé :

– Où est le poste de police le plus proche ?

– Pourquoi ? Vous est-il arrivé quelque chose ?

– Non, mais les Français n'aiment pas les Américains, c'est juste au cas où.

Les Français détestent-ils les Américains ? Oui et

non. C'est une sorte de *love-hate relationship*. Pour résumer grossièrement en mettant tout le monde dans le même panier : les Français ne sont pas de grands fans du capitalisme américain mais font avec, ils adorent leurs films, leur musique, leur sens de la grandeur, et détestent leur bouffe, leur patriotisme excessif et leur Jésus à toutes les sauces. Les Américains adorent notre langue, notre bouffe, notre Paris, détestent notre arrogance, notre paganisme et n'aiment pas qu'on refuse de participer à leurs guerres sans intérêt.

Bref. C'était une année où l'univers avait envie de me faire chier, et c'était le mois où j'ai découvert que ma mère avait une tumeur au cerveau. Résumons : ma grand-mère est décédée, le soi-disant homme de ma vie me zappe, et ma mère est gravement malade. « Oui, je survivrai à cette année ! » pensais-je.

Au niveau Hôtel des Galeries, je n'apprenais plus grand-chose et commençais à m'ennuyer ferme. Mon contrat se terminait deux mois plus tard et Nicole avait décidé de partir après quatre ans de bons et loyaux services. Kim voulait donc que je reste, mais j'avais dans l'idée de retourner aux États-Unis. Davide aussi avait envie de lointain et d'aventure, sans vraiment se décider. Ça sentait la fin d'une époque.

Kim avait décidé de me confier la responsabilité des « arrivées VIP » lorsqu'elle était absente. Peut-être percevait-elle mon ennui. Jocelyne était agréablement surprise, car elle ne donnait jamais cette tâche aux autres : « Elle doit vraiment te faire confiance ! » C'était assez basique, il suffisait de chercher dans le logiciel les clients VIP habitués ou non, et de transmettre à la réception la carte et le cadeau à placer dans la chambre avant leur arrivée. Le niveau d'importance du client était en corrélation avec son cadeau. VIP : fleurs ; VVIP : chocolat et fleurs ; VVVIP : champagne, chocolat et fleurs. Davide et moi trouvions cela injuste : pourquoi toujours donner aux riches ? Le client riche aura droit à la nuit gratuite, au minibar gratuit, au cadeau, aux petites attentions. Le *revenue manager* disait en riant : « Bah c'est eux qui nous rapportent le plus et qui reviennent ! » Tout à fait d'accord. Mais je trouvais que les « pauvres » pouvaient quand même bénéficier de petites attentions en cas d'occasions spéciales. Pas dans cet hôtel : « Si Monsieur veut venir fêter l'anniversaire de sa femme, on peut lui arranger une livraison de fleurs, mais c'est lui qui paye. » J'avoue maintenant avoir inventé deux ou trois « VIP » pour des clients dont j'avais géré les réservations et qui venaient célébrer quelque chose d'important.

Je me souviens d'un homme âgé trop mignon :

– Vous savez, j'ai économisé un an pour offrir ça à ma femme. Ah ! Venir à Paris, c'était son rêve, on n'a pas l'habitude de ce genre de choses. C'est combien pour faire livrer quelques roses ?

– Oh, ne vous inquiétez pas, je vais arranger ça, pas d'extra.

Oops ! Devinez qui est devenu VVIP ? Sa femme et lui m'ont chaleureusement remerciée avec un bouquet de fleurs à la fin de leur séjour.

Mais comment repérer l'arnaqueur ? Parce qu'il y a le client qu'on appellera « le gratteur », celui qui veut toujours qu'on lui offre quelque chose. Il fera un scandale parce qu'il n'y a pas de fer à repasser dans la chambre, ou parce qu'il s'est fait mal dans la salle de bains, ou parce qu'il s'est brûlé avec la soupe au restaurant. Le gratteur manque de classe, il est en général assez facile à repérer : il est négatif et très peu reconnaissant. À différencier du client mystère, la bête noire des hôtels.

J'en avais entendu parler à Baltimore, mais ça ne touchait pas vraiment notre département banquets. En réservation, c'était une autre histoire. Pour résumer, le client mystère est envoyé pour contrôler la qualité des services proposés. Son rapport est déterminant. Il doit passer incognito, mais on nous informe tout de même de la période à laquelle il est susceptible d'attaquer. La réservation de sa chambre constituait, de fait, son premier contact. Et bien sûr, il est tombé sur moi.

Je l'ai su le lendemain, par le *revenue manager* qui est venu me jeter des confettis sur la tête – What the Fuck ? – pour avoir passé le test et obtenu largement au-dessus de la moyenne. J'avais juste oublié de demander si la personne fumait ou non – sachant que l'hôtel est non-fumeurs et que je lui avais dit. Qu'y a-t-il à évaluer, me direz-vous ? Mon amabilité, ma capacité à répondre à des questions basiques sur l'hôtel, les heures d'ouverture du restaurant, par exemple. Ma capacité à donner les modalités de réservation sans qu'on me les demande : annulation, *no-show* etc. À partir de là, on savait qu'il serait à l'hôtel dans la semaine pour évaluer les chambres, le restaurant, le bar, la réception… Un *dream job* en somme. Le client mystère n'est jamais trop exigeant, il doit cocher les cases pour voir si on fait notre boulot correctement. Ce sera jamais le mec qui va se plaindre qu'on lui a mis *Le Parisien* et pas *The New York Times* dans sa chambre.

Avec Anieska, nous avions gardé contact et prévu une escapade à Londres ; elle habitait à

Leeds. Comme nos premières amours, impossible de se détacher du *Carillion*, donc nous avions réservé deux nuits d'hôtel dans un de leurs établissements de Londres. Nous sommes arrivées tard le premier soir et le check-in ne semblait pas bien se passer. La réceptionniste mettait du temps, et nous lançait des regards furtifs peu encourageants. Je pensais d'abord qu'elle voulait nous annoncer que notre réduction n'était pas valable, mais non : ils étaient surbookés. Et me voilà à subir le même sort que mes clients parisiens un mois plus tôt.

Voici ce qu'elle nous a proposé : « Nous sommes vraiment désolés, pour cette nuit vous aurez la suite, c'est la seule qu'il nous reste. Demain, un chauffeur viendra vous emmener dans un autre hôtel, un cinq étoiles de notre groupe, avec petit-déjeuner en chambre offert. » Au final, on avait gagné au change ! La suite était superbe, mais le cinq étoiles du lendemain était grandiose. On peut dire ce qu'on voudra sur notre motivation à travailler dans des établissements de luxe, néanmoins c'est toujours mieux d'être client qu'employé. Bien sûr, notre prix n'a pas changé. Après vérifications, nous aurions dû verser quatre fois la somme pour loger dans cet hôtel, sans compter le petit-déjeuner. On s'est bien sûr fait plaisir à commander viennoiseries, fruits frais, chocolat chaud, café, pancakes et omelettes au frais de la princesse. Un pauvre sait profiter de ces choses-là !

Intermède : deux anecdotes WTF

En travaillant en réservation, les jours se ressemblaient beaucoup. Mais il y avait toujours les *WTF* de la saison. WTF 1 : la cliente qui refuse de dormir dans la même chambre que son bébé. Je prends la réservation de cette cliente, qui vient avec son mari et son bébé de trois mois pour quatre nuits. Elle me demande d'abord quelle est la politique de l'hôtel si on veut laisser un bébé tout seul dans une chambre. C'est une question de bon sens et de sécurité : on ne peut pas laisser un bébé seul dans sa chambre sans surveillance toute la nuit. Elle insiste :

– Même dans une chambre communicante ?

– Si la porte est ouverte, ce n'est pas recommandé, mais ça devrait aller.

– Mais je ne veux pas l'entendre pleurer ! s'agace-t-elle.

– Je comprends qu'un nouveau-né, ça peut être épuisant, mais pour des raisons de sécurité… C'est une demande assez délicate.

Là, c'est à moi de trouver la solution, car elle est braquée :

– Et si vous engagiez une baby-sitter qui dormira avec votre bébé dans une autre chambre ? Je pourrais arranger cela. Serait-ce une solution envisageable ?

– Ah oui, bien sûr ! Merci.

Passons. WTF 2 : un matin d'ouverture, je vois Kim à son bureau, blanche comme un linge. Je suis étonnée, car elle était *Duty Manager* de nuit et veillait à la bonne transmission des informations.

Je comprenais que quelque chose de grave était arrivé.

– Kim ? Ça va ?

– On a eu une tentative de suicide.

Il s'agissait d'une fille de quatorze ans qui s'était taillé les veines dans la baignoire de sa chambre pendant que ses parents étaient sortis dîner. Kim et d'autres employés ont porté les premiers secours puis appelé une ambulance. Elle s'en sortirait. Il fallait étouffer l'affaire et renvoyer balader les journalistes en quête de sensations : pas question d'entacher la réputation de l'hôtel. Enfin, la discrétion sur ce sujet était compréhensible, surtout pour respecter la vie privée des clients.

Nervous breakdown ?

Ellipse jusqu'au mois de septembre 2011. Pourquoi ? Parce qu'il ne se passe pas toujours des choses intéressantes dans ma vie ! Malgré tout, un résumé s'impose. L'état de santé de ma mère allait en s'aggravant et l'hôpital qui devait se charger d'elle n'en avait rien à foutre. Elle avait des pertes de mémoire, pertes des sens, et devenait aveugle. Les médecins disaient qu'elle devait se faire opérer et que cela pouvait attendre décembre. Mon esprit n'était donc pas à l'écriture de mon journal intime. J'ai écrit une lettre recommandée salée à son médecin, lui expliquant que si quelque chose lui arrivait entre-temps, je me ferais un plaisir de les envoyer en justice et que je les tiendrais pour seuls responsables. Le médecin m'a répondu un baratin relatant grosso modo qu'il connaissait son boulot et que je devais être patiente parce qu'il avait d'autres cas à gérer. Il a quand même accordé un rendez-vous plus tôt.

Entre-temps, j'ai également arrêté de travailler à l'Hôtel des Galeries, qui était en pleine révolution. Les femmes de ménage étaient en grève, revendiquant une augmentation de salaire et plus de reconnaissance. Les managers se sont retrouvés à devoir faire eux-mêmes, d'urgence, les chambres des clients. Le jour où je suis venue chercher mon dernier chèque, les femmes de ménage faisaient barrage à l'entrée. Ah, l'éternel conflit des membres et de l'estomac ! Sauf que les patrons ne sont pas toujours l'estomac…

Comme écrit plus haut, je n'apprenais plus rien,

je n'ai donc pas accepté de remplacer Nicole. On m'a offert un coffret cadeau bien-être à mon pot de départ, et Jocelyne m'a invitée à un barbecue chez elle pour me dire au revoir convenablement. Jocelyne avait fait des études de psychologie. Elle sentait que j'avais besoin de m'éloigner, que quelque chose en moi se brisait, sans pouvoir mettre le doigt dessus. Inspirée par elle, j'ai décidé d'aller voir un psy pour la première fois de ma vie.

Il se passait trop de choses. J'avais été acceptée pour un contrat de six mois dans le Colorado, départ en novembre, suivi de six mois dans un hôtel du même groupe dans le Rhode Island. En juin, Ethan m'annonce qu'il a rencontré quelqu'un sur internet en février. Chose qu'il m'a avouée après avoir répété qu'il était resté célibataire depuis notre rupture officielle… en février. Toutefois, fin juin, il a rompu avec cette jeune fille. Il m'a recontactée en juillet pour s'excuser de m'avoir fait tourner en bourrique et m'annoncer qu'il avait acheté un chien. Puis, fin juillet, il s'est remis avec cette fille en me disant qu'il était amoureux d'elle et que, cette fois, je ne pouvais plus le contacter jusqu'à ce que lui veuille bien prendre de mes nouvelles. Pourtant, j'étais loin du cas « Je veux qu'il me revienne », un stade par lequel passent beaucoup de personnes. Mon cerveau avait compris et je ne voulais en aucun cas recommencer une quelconque histoire avec lui, mais j'avais besoin de clôturer. Mon ego avait morflé, et quelques sentiments subsistaient, essentiellement de l'exaspération et une envie de lui mettre une bonne gifle. Comment le sortir de ma tête ?

Voilà pour les aventures de l'été.

Début septembre, alors que j'ai repris un travail d'assistante pour renflouer mes caisses, je reçois un appel manqué de ma cousine. Ma cousine ne m'appelle jamais. On se texte, on s'envoie des messages par email ou Facebook, mais on ne s'appelle pas. Je sais donc qu'il est arrivé quelque chose de grave. Pause midi, je la rappelle, en priant très fort pour que ce ne soit pas la nouvelle à laquelle je m'attends.

– Oui, c'est moi, tu m'as appelée ?

– Oui, c'est tata, ta maman…

J'ai envie de sortir de mon corps.

– Elle a eu une crise, les pompiers l'ont emmenée à l'hôpital de Suresnes.

Donc elle n'est pas morte, mais pas sortie d'affaire. Elle me dit d'appeler ma petite sœur, et qu'elle ira chercher mon petit frère à l'école.

J'appelle ma petite sœur, qui m'explique qu'elle est sortie faire des courses, et que, lorsqu'elle est revenue, personne n'est venu lui ouvrir la porte, et personne ne répondait au téléphone. Elle est donc allée chez ma cousine et voisine, qui lui a dit d'appeler les pompiers. Ils ont dû entrer par le balcon en cassant la fenêtre et l'ont trouvée au sol, consciente, mais pas réceptive.

Je vais voir ma boss pour prendre mon après-midi et je fonce à l'hôpital. Mon oncle est déjà là. C'est l'horreur de voir ma mère dans un lit d'hôpital, incapable de parler et de bouger. Je suis dans un état second. Un bip se fait de plus en plus sonore, je cours chercher une infirmière, tout le monde court, on l'emmène en soins intensifs, je suis. On me dit d'attendre, on vient me chercher, j'entre en soins intensifs. Le médecin me dit : « Il va falloir l'opérer, la tumeur a vite grossi en peu de temps, c'est ce qui a provoqué la crise. Mais je dois vous le dire, c'est très grave. » J'ai alors compris l'expression « le sol se dérobe sous mes pieds. » Mon cerveau ne percute plus, mes jambes m'abandonnent et je dois m'accrocher au lit où ma mère était allongée inconsciente.

Je ressors toute tremblante en essayant d'expliquer à mon oncle ce qu'on vient de me dire. Me voyant sur le point de craquer, il me lance : « Ne pleure pas, tu dois être forte, t'as une petite sœur et un petit frère dont il faut t'occuper. On ne pleure pas. » Alors je n'ai pas pleuré.

À la maison, on essaie de faire face. Tout doit aller vite, quand doit-on faire l'opération ? Le petit frère de six ans ne comprend pas tout, donc on doit agir le plus normalement possible. Le lendemain, je retourne travailler. Ma boss me demande pourquoi je suis revenue. Je réponds que je ne peux pas rester à la maison à me morfondre, ça ne m'apportera rien de bon.

Le soir, j'ai rendez-vous chez le psy. C'est ma deuxième séance. Je lui raconte tout, ma mère, mon départ, comment noyer Ethan dans l'Atlantique. Ce psy a une soixantaine d'années. Il a compris que je n'ai pas beaucoup besoin de lui, que j'ai juste besoin de parler à quelqu'un de complètement extérieur à ma vie, parce que j'ai trop de choses dans la tête. Il me fait prendre conscience de la place de ma mère dans la famille et que je m'imagine déjà la remplacer si le pire devait arriver ; du moins pour mon petit frère. Donc les États-Unis tomberaient à l'eau.

Je peux vous dire qu'il n'en avait rien à foutre de mes états d'âme. C'est Ethan qui l'intéressait. Pourquoi ? Parce qu'il avait été abandonné par son père, parce qu'il avait vécu un traumatisme avec le meurtre-suicide de son beau-frère, parce qu'il n'avait pas coupé le cordon avec sa mère. Qu'il cherchait à combler des vides, etc. Et moi alors ?

Eh bien oui, je devais clôturer cette histoire pour continuer, mais il ne s'inquiétait pas pour moi. Je lui exposais donc mes idées et il me donnait son avis d'homme d'expérience et de psy.

La date d'opération de ma mère était fixée à deux semaines après la crise, car elle s'était réveillée et stabilisée. Une opération délicate qui devait durer au moins huit heures, et où le chirurgien allait tenter de retirer toute la tumeur. J'allais à l'hôpital tous les jours après le travail, mon père aussi. Il dépassait largement les heures de visite.

L'opération s'est faite un vendredi, jour sacré pour les musulmans. Je prends tous les signes que je peux. Cette semaine-là, je n'ai jamais autant prié de ma vie : Allah, Jésus, Bouddha, anges, tout y est passé. J'ai hurlé, supplié, invoqué, menacé ! Et puis un jour, j'ai dit à Dieu : « Cette année, tu as pris la grand-mère, si tu prends la mère, tu prendras aussi la fille. Montre-moi que tu existes. » J'étais moralement épuisée. Je me suis endormie et là (vous allez vouloir m'enfermer en hôpital psychiatrique) j'ai rêvé. Une lueur divine, orangée, chaude, rassurante, apparaît devant moi. Je ressens de la plénitude, et apparaît l'ange Gabriel. Comment je le sais ? Je n'en sais rien, dans mon rêve c'était télépathique et sans paroles. Il me fait comprendre que c'est lui, l'ange Gabriel. Il tend le Coran à un homme que j'identifie comme Mahomet. Je me réveille brusquement. Confuse, certes, et rassurée juste l'espace d'une seconde, puis la dure réalité m'a remis un poing dans la face.

Arrive la journée la plus longue de ma vie. On se réveille en se disant : « Ce soir, je n'aurai peut-être plus de maman. » Je vais au travail, je regarde constamment ma montre. À 17 heures, j'appelle l'hôpital. On me dit de ne pas venir, car l'opération est plus longue que prévu. Je rentre. Nous sommes tous dans une interminable attente. Les proches téléphonent pour savoir, je leur dis que je les rappellerai lorsque j'en saurai plus. Le fardeau. Dans quelques heures, je dois recontacter tout le monde pour annoncer une bonne ou une mauvaise nouvelle. Je prépare des discours dans ma tête.

Vers 21 heures, je rappelle l'hôpital. L'infirmière qui m'a répondu au moins mille fois auparavant a changé de voix : « Ça s'est bien passé, on la ramène en salle de réanimation. Le chirurgien a pu enlever toute la tumeur, vous pourrez venir demain. »

Le psy m'avait conseillé d'écrire mes rêves. Je lui ai donc raconté ce rêve étrange après lui avoir annoncé que ma mère s'en sortirait, presque aveugle, mais vivante. Il me dit : « Le cerveau saura compenser pour sa vision. » Homme de science, il n'y a vu aucune espèce d'apparition ou de révélation divine, mais une manifestation onirique explicable, vu le traumatisme par lequel je passais. Mon esprit, connaissant l'avenir (ça, il voulait bien y croire) aurait envoyé ce message pour me dire que l'opération serait une réussite. *We agreed to disagree.*

Une fois que j'étais rassurée sur l'état de santé de ma mère, il voulait se concentrer sur Ethan. Pour lui, il y a trois genres de couples : le couple constructeur, le couple destructeur, et le couple réparateur. Moi, je n'étais plus en couple, mais la démarche étant de fermer la page et d'avancer, il fallait commencer l'analyse au début. Je lui ai expliqué ne pas comprendre pourquoi ça m'a autant marquée alors que la vie qu'il me proposait ne m'intéressait même pas. Je m'étais juste perdue dans sa vision du couple.

Les promesses. Ce sont les promesses qui font mal. Même si je n'en voulais pas, il m'avait fait miroiter un chemin de vie classique : « mariage, bébé, maison ». Et quelque part, je l'avais intégré. Avec la rupture, le miroir s'était brisé, et impossible de recoller les morceaux. Esprit confus.

Revenons à nos trois couples. Le couple constructeur : ce sont deux personnes assez équilibrées (même si on a tous nos démons), sans grand traumatisme, qui se mettent ensemble. Ils construisent une vie à leur image. Ils s'apparentent au couple idéal, épanoui, imperturbable. Ils peuvent accomplir des choses, se faire confiance, et devenir la meilleure version d'eux-mêmes, l'un et l'autre se donnant force mutuellement. Attention, ce n'est pas une garantie de longévité : si l'amour disparaît, ils peuvent se séparer. Ils restent assez souvent amis.

Le couple destructeur : ce sont les couples à tendances conflictuelles. On a tous un couple d'amis comme ça. Ils sont toxiques l'un pour l'autre. Souvent deux personnalités égocentriques ayant connu des troubles dans leur passé, des problèmes identitaires ou d'insécurité. Ça peut durer très longtemps, mais ils se détruisent l'un l'autre à petit feu. Attention, ce ne sont pas toujours ceux qui se cassent la vaisselle sur la tête. Un couple destructeur, ça peut aussi être deux personnes pas faites l'une pour l'autre, mais qui forcent le destin, vivant souvent dans la complaisance sans véritable amour. En cas de séparation, les personnes ont souvent l'impression de « revivre » et de s'épanouir.

Le couple réparateur : où l'un des deux va

« réparer » l'autre, qui a subi un traumatisme plus ou moins grave. L'autre pourra le rassurer, le soutenir et lui faire comprendre sa valeur. Dans certains cas, les deux ont subi un choc émotionnel dans le passé et s'appuient l'un sur l'autre pour se reconstruire de l'intérieur et construire à l'extérieur. Attention, il faut que la personne traumatisée ait fait au préalable un travail pour réapprendre à s'aimer et retrouver l'estime de soi, sinon une relation de co-dépendance peut en résulter.

Je vous laisse deviner dans quelle catégorie il nous a classés. Ce n'est pas une science exacte et on peut facilement mettre un même couple dans deux catégories, mais ça donne une idée de base. De mon côté, j'ai exprimé l'idée de revoir Ethan et de lui dire ses quatre vérités en face. Le psy a trouvé l'idée excellente, pensant que ce serait le déclencheur pour clôturer cette histoire sainement et avancer.

– Vous, les femmes, on vous dit de fermer votre gueule depuis la nuit des temps. Si un homme vous fait du mal, dites-lui ! Mais sachez que lorsque vous lui demanderez ce rendez-vous, il va vous dire qu'il viendra avec son écran.

– Son écran ?

– Oui, sa nouvelle compagne. Il n'osera pas vous affronter tout seul, c'est sa protection.

Je n'y croyais pas, et pourtant ce fut le cas. Ethan m'a répondu qu'elle serait présente. Incrédule et impressionnée par la lucidité du psy, je lui relate le message et il me répond : « Sachez aussi qu'elle aura une ressemblance physique avec vous. » Mais là, j'en doutais. Avec sa mère raciste et son entourage *borderline* nazi, j'étais sûre que ce serait une blonde aux yeux bleus. L'avenir nous le dirait. J'ai brièvement pensé qu'en fait, les voyants étaient des psys détournés.

Nous avons convenu d'une dernière séance avant que je prenne l'avion pour Denver début novembre.

Nouveau départ

Une semaine après l'opération de ma mère, je terminais ma mission en intérim et le chirurgien nous a assuré que tout irait bien. Elle devait rester à l'hôpital quelques semaines pour sa rééducation, ensuite une visite annuelle suffirait. Alléluia ! Merci Allah, Jésus, Bouddha, les anges ! Tout ceci m'avait remise à ma place. Qu'est-ce qui est vraiment important dans cette vie ? Pourquoi la mort est-elle si terrifiante, solitaire et douloureuse ? N'est-on pas mieux de l'autre côté ? À quoi sert cette vie ? Que doit-on en faire ? Travailler et payer des factures et des impôts ? Non, il y a autre chose, « cette autre vie qu'est la vie lorsqu'on se soucie de la mort ». En conclusion, on ne contrôle rien, on n'est rien.

Mon esprit étant quelque peu apaisé, mon corps en a profité pour me lâcher. Je suis tombée malade. Bronchite asthmatiforme. Le médecin de famille ne m'avait jamais vue aussi mal en point. « L'air de Paris ne vous va pas, jeune fille ! » Au bout de trois semaines, j'étais enfin prête pour repartir aux États-Unis.

Je me suis rendue à ma dernière séance chez le psy. Il était content que tout ait l'air de rentrer dans l'ordre. Il me conseilla quand même de trouver mon ancre. « Vous pouvez passer votre vie à voyager si vous le voulez, mais trouvez une ancre, une sécurité, où revenir pour mieux repartir. » Il a terminé la séance par ces mots : « Vous captez très vite les choses, vous vous sortirez de toutes les situations, j'en suis sûr. »

5 novembre 2011. J'étais dans l'avion avec un premier stop à Baltimore pour confronter mon démon. Mais j'avais aussi des retrouvailles plus agréables à faire à *Charm City* ! Il faisait très beau et doux pour un mois de novembre. J'ai pu déjeuner avec Jasmine et Mus au *Chipotle* Ils m'avaient manqué, ces burritos ! Jasmine était plus qu'étonnée de ma rupture : « Mais il avait l'air si amoureux ! Les hommes... » Et Mus : « Lâcher une femme comme ça ? *Cabron !* » Le reste de la conversation a tourné autour de nos projets d'avenir, et des souvenirs du *Carillion*. J'ai aussi revu Jewel, une *Philipino* avec qui je me suis liée d'amitié après le *Carillion*. Elle était sur le point de se marier et d'obtenir sa *green card* ; un vrai mariage cette fois, avec un immigré des pays de l'Est ayant déjà obtenu la sienne. Elle avait l'air plus sereine et j'étais ravie pour elle. Jewel était aussi passée par une rupture brutale avec un Philippin très possessif qui avait finalement décidé de partir à Miami sans elle.

Le soir même, je dînais avec Pierre et sa femme – qui avait accouché quelques mois plus tôt – dans leur super maison. On a bien sûr ouvert une bonne bouteille de vin français. Le lendemain matin, ma visite s'est terminée au *Carillion*, où j'ai revu les derniers soldats, Bruno, Devon, Miguel, Monsieur Powell, Federico et d'autres, dans la joie et la bonne humeur. Monsieur Powell voulait d'ailleurs que je revienne, pour bosser en réception cette fois. J'ai poliment refusé, j'avais besoin de découvrir autre chose.

C'est le jour de mon départ pour Denver qu'Ethan et moi avions convenu de nous revoir. Rendez-vous au *Starbucks*. Arrivée en avance, je prends mon *latte* et m'assois sur la terrasse pour profiter du soleil. Je ne m'attends à rien, je suis légèrement nerveuse, mais je sais ce que j'ai à dire. Il arrive quelques minutes plus tard avec son « écran ». Ma première réaction ? Les yeux écarquillés, je pense : « Ooooh, mais c'est moi en plus moche ! » Je sais, c'est terrible de dire ça, mais si on se rencontre un jour, je vous montrerai sa photo. Je l'ai envoyée à ma meilleure amie, à qui je n'avais pas raconté mes séances de psy, et elle m'a répondu : « Mais on dirait toi ! » Je n'affabule pas. Une Noire, de mon gabarit, un peu plus grande je crois, plus petits seins, mais un visage assez ressemblant. Je pense objectivement avoir de plus beaux yeux et de plus belles dents… Mais la beauté, c'est subjectif. Le psy-voyant avait encore une fois raison.

Sa présence ne me dérangeait pas du tout. Elle avait l'air extrêmement gentille (plus que moi), une bonne personne, plus facile à « contrôler » aussi, pensais-je. Ce n'est pas elle qui m'avait fait chier et je suis sûre que, dans un autre contexte, on aurait pu être potes, vu la *vibe* qu'elle dégageait. Je passe les détails de la conversation, car ce n'en était pas une. Je parlais, il regardait le sol, tête baissée, cachée dans sa casquette, en maugréant : « Désolé, désolé, désolé. » Et, pour sa défense : « Je suis heureux maintenant. » Au bout d'une dizaine de minutes, ils sont partis.

En combinant mes déboires amoureux et ceux de mes amies (je vous passe certaines histoires dignes des meilleures séries Netflix), je suis restée assise quelques minutes à ne penser à rien. Un poids s'était enlevé de ma poitrine. *I'm me again !* Tout était dit, c'était fini.

Direction Denver, prête pour de nouvelles aventures étoilées et alcoolisées ! Denver était le premier arrêt, mais en fait j'allais à Vail et plus précisément Beaver Creek, travailler dans une station de ski.

Je rembobine au mois de mai 2011. Après plusieurs CV envoyés, une branche américaine de l'école hôtelière Vatel me contacte pour passer une série d'entretiens afin d'obtenir une place dans un hôtel de luxe partenaire. Après avoir vérifié à coup de trois cent mille documents et autres preuves de diplômes que je pouvais bénéficier d'un deuxième J1, je passe un entretien pour le *Eaglebend Spa Resort* de Beaver Creek dans le Colorado, et le *Eagle Park Resort* de Newport dans le Rhode Island. Deux entretiens couronnés de succès.

J'avais d'autres opportunités à l'étranger, mais les États-Unis avaient un goût d'inachevé, il fallait que j'y retourne. La branche *Carillion* du Qatar me voulait dans son équipe de préouverture, mais la destination ne m'attirait pas du tout, en tant que musulmane demi-mécréante. Puis la Chine me voulait, mais pour un salaire de misère.

Certains ont dû voir le film *La première étoile* : pour parfaire les clichés sur les Noirs, je confirme que le ski, le froid et moi, ça fait trois. Donc une station de ski dans le fin fond du Colorado, c'était tout à fait ce qu'il me fallait. Du challenge, du nouveau ! *Eaglebend* était un hôtel cinq étoiles, donc je montais en grade. Le job en lui-même ne m'intéressait pas trop : serveuse *room service*, mais pour six mois, je n'allais pas broncher.

Si on s'y prenait à l'avance, l'hôtel se chargeait de nous trouver un logement en colocation à quatre pour 450 dollars par mois, charges comprises, prélevés sur notre salaire. Malheureusement, je devais partager ma chambre avec une certaine Simona, de Roumanie. La dernière fois que j'ai dû partager ma chambre, c'était en Erasmus en Italie, et ça s'est fini avec la police, et mes amies et moi à la porte. Je n'étais pas emballée, mais je n'avais ni le temps, ni l'envie de chercher mon propre logement. Un Roumain du nom de Valeriu allait s'occuper de mon arrivée sur place. Il allait aussi travailler dans mon équipe et serait mon voisin.

Retour au 5 novembre. Le vol pour Denver a été laborieux, mais le commandant de bord se voulait rassurant en faisant des blagues pendant les grosses turbulences. À 23 heures, un van attendait les passagers en direction de Vail. Quatre heures de route sous la neige. J'étais heureuse.

Ne demandez pas et vous recevrez

Vous avez remarqué que lorsqu'on laisse l'univers s'occuper de notre cas, tout se remet en place? À mon arrivée, comme convenu, Valeriu est venu à ma rencontre et m'a aidée à m'installer dans l'appartement au-dessus du sien. J'étais la première arrivée, les autres filles devaient débarquer dans les jours suivants. Nous avons convenu d'aller à l'hôtel le lendemain, accompagnés d'autres J1 venus de France (Rémi), de Roumanie (Sorin) et de Norvège (Bjorn), afin de rencontrer les RH et de connaître la suite des événements.

J'étais contente de me laisser porter par la vague, pour une fois. Valeriu était du genre décisionnaire, et son souci de mettre tout le monde à l'aise me facilitait l'existence. Il a tenu à me montrer où faire les courses, retirer de l'argent, m'a donné son code wifi le temps que j'ouvre ma propre connexion, m'a invitée à manger avec lui, qui n'avait pas encore de coloc non plus. Son meilleur ami et un autre ami de la fac allaient habiter avec lui et il était pressé de les recevoir. Il avait aussi une petite amie laissée en Roumanie, à laquelle il était plus que fidèle. Et ça s'est vérifié dans le temps. Son côté déterminé ne le laissait pas douter de ses sentiments, donc la distance n'était pas un problème. « Pas tous des idiots qui pensent avec la queue ! » me dis-je.

L'hôtel est facile d'accès. Il y a un bus à cinq minutes à pied de l'appartement qui emmène directement au « village ». Ambiance de Noël omniprésente, très proche de Disneyland, mais les montagnes en plus. Il ne fait pas encore très froid pour un mois de novembre.

Aux RH, on a appris que, nous devions être prêts le lendemain pour une petite semaine d'orientation, histoire de récupérer nos uniformes, intégrer notre département et commencer le training. L'hôtel n'était pas encore *busy*, mais ça ne saurait tarder. Nous serions payés toutes les deux semaines, mais le premier loyer et la caution étaient dus maintenant. Soit les trois quarts de mes économies. J'avais déjà dû payer 4 000 euros pour les frais de sponsor et de visa, sans compter mes billets d'avion... J'étais encore partie pour un régime pâtes. Soupirs.

Le premier jour d'orientation, je suis arrivée résignée, dans un état d'esprit très légume. Mes colocs devaient pointer le bout de leur nez en fin de journée, donc fini la liberté et l'intimité. Je souhaitais juste que ma compagne de chambre ne soit pas trop connasse et qu'être serveuse *room service* ne soit pas ennuyeux à mourir. Après presque six heures de bassinage de cerveau sur l'entreprise et l'esprit d'équipe, la DRH est venue me voir pendant une pause café-cookies. Je n'avais pas encore payé le loyer et la caution, donc je m'attendais à ce qu'on me le rappelle :

– Adama, pour le loyer...

– Oui, je vais faire un chèque de 900 dollars.

– Ah, en fait, on a décidé de ne prendre que la moitié. Le premier loyer sera prélevé sur le premier salaire, comme prévu.

Super, je pourrai ajouter des fruits à mon régime pâtes ! Le truc sympa, c'est qu'on était payé toutes les deux semaines, donc pas besoin d'attendre la fin du mois pour renflouer mes caisses.

– Et finalement, tu vas devoir changer de

chambre et prendre une individuelle. La jeune fille avec qui tu devais partager ta chambre a supplié qu'on la laisse avec son petit ami. Ça ne se fait pas normalement, mais pour une fois... Donc voilà, tu auras deux Péruviennes qui arriveront ce soir et qui prendront la chambre double, c'est bien, non ?

Oh ! Plus d'argent et une chambre à moi, cette journée ne pouvait que bien se terminer. J'étais tellement heureuse que je lançais des ondes positives partout où j'allais. De retour à l'appartement, je me suis dépêchée de m'installer dans ma nouvelle chambre, qui, en plus, avait vue sur une rivière et une forêt de sapins. Quelques heures plus tard, vers minuit, on frappe à la porte et j'accueille ainsi deux Péruviennes, Andréa et Daniela, joviales et fatiguées. Je les laisse s'installer et les informe qu'elles m'accompagneront à l'hôtel dès le lendemain pour la suite de l'orientation. Denisa, une roumaine qui avait eu des problèmes pour obtenir son via, nous a finalement rejointes quelques jours plus tard. Après plusieurs péripéties avec son ambassade, elle a pu obtenir son visa.

Valeriu aussi a pu accueillir ses amis, Andrei et Nicolae, ainsi qu'un Français que j'avais déjà rencontré à Paris, Dimitri. On sentait que l'ambiance de la résidence s'était réchauffée. Une soirée poker était prévue le week-end avec tous les J1 présents. Je devais remercier Sorin pour la chambre, car c'était lui et sa copine Simona qui avaient refusé d'être séparés.

Le troisième et dernier jour d'orientation avant le week-end et nos prises de postes pour un training intensif fut des plus agréables : un *tasting* ! Tous les nouveaux employés et stagiaires travaillant en restauration avaient pour mission d'apprendre la nouvelle carte du restaurant par cœur, ainsi que la carte des vins. Quoi de mieux pour retenir le nom des plats et des boissons que de les goûter ?

Le *room service* et le restaurant de luxe se partageaient la même cuisine. Les chefs prônaient le bio, le *home-made* et la France sucrée (macarons importés, brioches, pain perdu...) La carte était plus que diversifiée, aussi le *tasting* a-t-il duré toute une journée. Être payés pour manger, que demande le peuple ?

J'ai oublié de mentionner la visite de l'hôtel. Imaginez le chalet le plus luxueux que vous ayez vu, transformez-le en hôtel-spa avec piscines et jacuzzis extérieurs donnant sur les montagnes. Une partie de l'hôtel était composée de bâtiments grouillant de *condos* à deux étages que de riches propriétaires louaient à la saison, s'ils ne les possédaient pas déjà. Vous ai-je parlé de nos uniformes ? C'était de mieux en mieux depuis le *Carillion*. Chemise bleu canard accompagnée de sa cravate du même ton (c'est Valeriu qui me les nouait), pantalon et veston marron. Plutôt classe.

Lundi arriva très vite après un week-end chargé en festivités et l'arrivée des trois dernières voisines venues de Thaïlande. Valeriu et moi sommes arrivés au *room service* et notre manager, une petite blonde toute menue de deux ou trois ans mon aînée, Stéphanie, nous a accueillis. D'autres personnes, déjà employées depuis plusieurs années, allaient nous rejoindre dans la semaine. Il n'y avait pas grand-chose à apprendre, à part le menu, comment installer la table roulante du petit-déjeuner ou du soir, comment utiliser la *hotbox* pour conserver les aliments chauds, penser à polir verres et couverts, comment servir les clients façon cinq étoiles, et comment débarrasser les tables. Nous devions partager une *master key* (pass électronique) pour pouvoir entrer dans les chambres des clients en leur absence afin de débarrasser, remplir le minibar, ou y déposer quelques *goodies* surprises. Une fille était formée dans le petit bureau au poste de coordinatrice pour prendre les commandes, gérer les paiements, se coordonner avec la cuisine pendant le rush, gérer les plaintes, suivre les arrivées VIP et les demandes spéciales, les commentaires clients, et gérer les serveurs si besoin. Un job qui demandait d'utiliser un peu plus son cerveau. Elle m'a annoncé être enceinte et mal le vivre, car le père avait fui et qu'il était trop tard pour avorter. Je ne lui avais pas demandé tant de détails !

Au bout d'une semaine d'apprentissage, de mises en situation et d'examens écrits, Stéphanie me fait venir au bureau pour confirmer que j'avais réussi les tests et que j'étais prête à… servir. Après quelques minutes de discussion sur nos vies personnelles, elle semble songeuse. « Tu parles très bien anglais, en fait… » Le lendemain, à 6 heures du matin, alors que j'ai la tête dans le fion, Stéphanie me dit : « Changement de programme, la coordinatrice a démissionné, j'ai pensé à toi pour la remplacer. »

Premiers pas enneigés

Fin novembre 2011. Les premiers flocons commencent à tomber, le froid s'installe et les premiers clients arrivent. Super ambiance à la résidence, les Thaïlandaises, les Péruviennes, les Roumaines et moi nous entendons à merveille, c'est presque *creepy*. Aucune anicroche, que du rire, du shopping et des soirées alcoolisées. Côté boulot, on s'adapte tranquillement avant que l'hôtel se remplisse. D'autres superviseurs ont été recrutés, car tout est ouvert vingt-quatre heures sur vingt-quatre.

Cette fois, j'ai des horaires fixes, le matin : 6 h-14 h, le soir : 14 h 30-22 h 30. Petit hic, l'horaire du matin me fait me lever à 4 h 30. J'apprends avec plaisir qu'à partir d'un certain montant de pourboires ramenés par les serveurs, j'en récupère 10 %. Je fais un minimum de service en chambre, histoire de ne pas perdre la formation, mais je suis au bureau la plupart du temps, ce qui a un côté moins sous-fifre qu'au *Carillion*.

Un sort un peu moins sympathique attendait certaines de mes amies. Daniela a été mise à la caisse du *coffee shop* et son anglais très limité lui faisait aller au travail avec la boule au ventre tous les matins, et Andréa a été affectée au *housekeeping* à faire le ménage dans les chambres comme la plupart des latinos. Un jour, en descendant aux toilettes, je croise Malee, une des Thaïlandaises, qui avait signé pour être assistante de la gouvernante d'étage, à quatre pattes, une brosse à la main, en train de récurer les chiottes des vestiaires des employés. Une vague de colère est montée en moi, ainsi qu'un vague souvenir de ma première semaine au *Carillion* Baltimore deux ans plus tôt. Je lui demande :

– Euh, c'est quoi, ça ?

– Eh bah, comme il n'y a pas encore assez de travail en *housekeeping*, on m'a dit de nettoyer les chiottes pour tuer le temps.

– Tu devrais te plaindre aux RH.

– Non, c'est pas grave, c'est temporaire. C'est toujours comme ça de toute façon, dit-elle dépitée.

À l'aube d'une période frénétique, un grand groupe venu d'Afrique du Sud et d'Argentine a débarqué. Dans toute ma naïveté, je m'attendais à voir des Noirs et des Bruns à la peau basanée... Pas du tout. Tous les Sud-Africains étaient blancs comme neige, et les Argentins se déclinaient en plusieurs tons, certains étaient blonds aux yeux bleus. En tout cas, ils ont tous apporté l'ambiance du Sud avec eux, ce qui faisait contraste avec le froid sec qui s'installait pour l'hiver, accompagné de neige abondante.

Je bossais souvent le matin, par choix, parce que j'aimais avoir mon après-midi et ma soirée libres. Sortir à 5 heures du matin quand il faisait encore nuit, neige jusqu'au mollet, et me faire fouetter par le vent glacial avait le don de me réveiller aussi instantanément qu'un café bien serré, mais seulement le temps du trajet. Ensuite, j'arrivais aux vestiaires pour me changer et je voyais toutes les filles se maquiller. C'était le cadet de mes soucis : garder les yeux ouverts était ma principale mission ! Ensuite, courir en cuisine pour engloutir des céréales et du thé bien chaud.

Entre 6 heures et 9 heures du matin, c'était la course. Tous les clients voulaient petit-déjeuner avant de se rendre sur les pistes, bien sûr. Comment dire ? Une seule ligne de téléphone, un seul poste informatique *Micros* pour enregistrer les commandes et générer les tickets à la cuisine. Bref, j'ai vite appris à faire mille choses à la fois. Je me suis vite rendu compte qu'apprendre le menu par cœur était d'une aide précieuse. Le client n'en a rien à foutre que tu sois débutant ou non. Conversation typique :

– Bonjour, vous êtes bien au *room service*, mon nom est Adama, comment puis-je…

– Je veux un petit-déjeuner pour quatre personnes : un petit-déjeuner continental avec deux œufs au plat, jaunes coulants, un jus d'orange pressé, un café au lait, un plateau de fruits, pas de raisins. Je veux aussi un yaourt grec avec du muesli maison et un cappuccino. Pour les enfants, deux pancakes, mais mettez des pépites de chocolat (même si c'est pas sur la carte), deux verres de lait, l'un écrémé, l'autre entier, mais chaud, et du chocolat chaud.

Ooook !

– Très bien, Madame Smith, je répète la commande […]. Votre petit-déjeuner sera livré dans trente minutes, merci de votre appel, au revoir.

Sans compter les pré-commandes de la nuit, qui devaient déjà être enregistrées, à ne surtout pas zapper. C'était une organisation millimétrée pour que tout le monde soit livré à temps : 1. Donner les tickets de commandes aux serveurs dans l'ordre, et aider à mettre en place si le téléphone voulait bien se taire deux minutes. 2. Vérifier et gueuler avec la cuisine, qui s'occupait aussi des plats du restaurant, donc les oublis n'étaient pas rares. 3. Enregistrer les commandes déjà livrées et payées dans *Micros* en affectant les pourboires aux bonnes personnes. 4. Faire en sorte qu'on débarrasse les chambres quand ça se calmait un peu et que les clients étaient en train de swinguer dans la neige. Voilà, ça, c'était le minimum vital. Trois à quatre heures de valse qui finissaient avec la gorge bien sèche et le cerveau embué. Puis, place au calme, pour vérifier que tout s'est bien passé, clôturer les dernières factures, préparer et apporter les *amenities* (petits cadeaux et *goodies* pour clients fréquents, qui dépensent beaucoup ou qui célèbrent quelque chose), faire le tour des chambres inoccupées avec la *master key* pour un dernier check, et autres tâches moins prenantes. À la fin, tout était prêt, comme si rien n'avait été touché, pour laisser place à l'équipe du soir.

Valeriu et moi nous entendions comme chien et chat au travail. Il avait une conception bien précise de la manière dont il devait travailler, on ne pouvait rien lui dire, et son côté compétiteur voulait trouver la petite bête à chaque fois, le petit détail pour dire : « Tu vois, ça, tu l'as pas bien fait ! » *Get the fuck out*, je connais mon boulot. J'ai l'impression qu'il n'a pas trop apprécié que je sois coordinatrice. Un jour, Stéphanie lui a laissé les commandes, et il en était tellement fier qu'on en a entendu parler jusqu'à la fin des temps. Finalement, il a décidé de devenir serveur au restaurant en me disant : « Je ne vois pas pourquoi tu restes à ce poste, au moins, moi, j'aurai des pourboires en plus, je me ferai plus d'argent que toi. » Très bien Valeriu, bon vent ! Mais dans la vraie vie, on s'entendait très bien. Nous avons tous, péruviennes, français, roumains, norvégiens et thaïlandaises, fêté *Thanksgiving* chez lui ; il voulait cuisiner la dinde que l'hôtel nous avait offerte. Chacun devait ramener une spécialité de chez soi. Andrei étant végétalien et crudivore, on lui a fait une grosse salade. Une soirée simple sous le signe de l'amitié.

Un quart de siècle

Je reviens vite fait sur Andrei le crudivore. Je dois reconnaître que c'était la première fois de ma vie que j'entendais parler du véganisme. Nos conversations animées n'entachaient en rien notre amitié naissante, mais nous avions clairement des avis diamétralement opposés sur la question. S'il avait le malheur de passer dire bonjour à un moment où je cuisinais du poulet, c'était la fin des haricots.

Discours enflammés sur la souffrance animale (vidéos à l'appui), sur la non-nécessité de manger de la viande pour être en bonne santé. Il avait peut-être raison, décembre me bottait les fesses à coups d'angines et lui n'avait pas l'ombre d'un rhume. Discours sur le feu détourné de son usage principal comme se réchauffer, et non cuire les aliments. Il était en train de convertir Valeriu et voulait m'entraîner dans cette chute. Quoi? De toute façon, je ne mange pas beaucoup de viande, je préfère le poisson. Et non, je ne suis pas hypersensible à la souffrance animale. Je suis omnivore, mon instinct ne me fait pas pleurer devant un œuf à la coque. Désolé, c'est de la bouffe, mon rapport affectif est différent. Par contre, je suis contre la souffrance inutile et la torture. Je ne m'extasie pas quand on écartèle un veau ; qu'on les tue décemment et rapidement. Et qu'on tue seulement pour se nourrir donc pour un besoin vital primaire, pas par plaisir, pour faire des chaussures et des vêtements !

Ne devrait-on pas s'occuper des conneries

qu'on se fait entre êtres humains d'abord? Mais tout ceci est à l'appréciation de chacun. Si on me donne un choix : buter un agneau ou un violeur d'enfant ; je bute le violeur. Buter un agneau ou un bébé humain ; je bute l'agneau. Tout ça, c'est des problèmes de pays de riches. Allez dire (avec l'accent parisien) à un gamin, au fin fond du Soudan, qui boufferait sa propre merde : « Tu sais, dans mon pays, j'ai tellement le choix que j'ai décidé de ne plus manger de viande, c'est pas bon pour mon colon ! » Bah si t'en as tant que ça, partage !

Enfin, de la même façon que mes parents ont essayé de m'apprendre à ne pas manger de porc, je suis tolérante. « Y en a qui en mangent, y en a qui n'en mangent pas, ce n'est pas bien ou mal. » Donc je te fiche la paix et je te laisse manger tes fruits et tes légumes, et tu me fiches la paix quand je mange de la viande. Fin de l'histoire.

Autoconvaincue que je n'allais pas devenir végane, je pensais qu'on allait me laisser tranquille avec les tentatives de lavages de cerveau, mais c'était sans compter sur ma collègue Ariana, sur un registre plus religieux cette fois. Ariana était une adorable serveuse *room service* de soixante ans, d'origine mexicaine, ayant épousé un Irlandais. Elle ne bossait que le matin et, après le rush, toutes les conversations tournaient autour de Jésus. Elle m'expliqua qu'après une enfance perturbée où elle était tombée enceinte à quatorze ans, ses parents l'avaient forcée à épouser l'auteur de la faute. Un mariage qui a vite tourné au vinaigre mais… Jésus lui a donné la force de prendre ses cliques, ses claques, ses gosses et de partir. Après des périodes de désespoir et de disette, elle a dit avoir arrêté de demander de l'argent à Jésus, pour reprendre sa vie en main. C'est à cette période qu'elle a rencontré son nouveau mari et qu'ils ont bâti leur vie sur des bases saines. Ils possèdent aujourd'hui un ranch. « Invoque Jésus, et tu le verras ! » Très curieuse sur la question religieuse, je l'écoutais avec attention et elle ne s'est pas offensée quand je lui ai dit que Jésus ne pouvait pas être le fils de Dieu, pas au sens strict. Je la trouvais de bon conseil, mais je n'avais aucune intention de devenir catholique ; je venais de lire le Coran pour la quatrième fois... Ceci a relancé le débat sur le terrorisme. Je répète : « Les djihadistes ne sont pas musulmans », pas au sens strict du terme. Les gens savent de moins en moins faire la différence entre « être » et « croire être ».

Ni catho, ni végane, mais bientôt convertie à la neige. L'hôtel nous a permis d'acheter un forfait à moitié prix pour la saison de ski. Je n'avais jamais skié de ma vie et j'ai décidé d'apprendre le snowboard, beaucoup plus stylé selon moi. Nous avions droit à un cours gratuit, histoire de tester notre habileté. Dimitri, très doué dans cette discipline et qui m'avait vendu sa planche, m'avait rassurée : « Tu sais patiner, tu fais de la danse, t'as le sens de l'équilibre, ça va être plus simple... » *Fail. Epic fail !* Je me suis ramassée tellement de fois que le moniteur m'a conseillé de rentrer chez moi pendant qu'il continuait sa leçon. Étant aussi insouciante que têtue, j'ai décidé d'y retourner toute seule, et Denisa, aussi novice que moi, m'accompagnait sur les pistes quand nous avions les mêmes jours *off*. Après plusieurs séances infructueuses, mais en nette amélioration, on a échangé quelques entraînements douloureux contre des après-midis au spa de l'hôtel.

À part cela, mon anniversaire approchait

grandement et, bien que j'avais spécifié ne pas vouloir le fêter, mes colocs ont décidé, le jour J, de faire une soirée *before* dans l'appartement pour manger du gâteau, suivie d'une soirée au bar *Joe's place*. Le jour de mon anniversaire, je travaillais la matinée et elles avaient trouvé le moyen de déposer une carte et un cadeau dans ma chambre pendant la nuit. Le manager du jour, Bjorn, m'a laissée rentrer plus tôt, il allait venir à la soirée aussi. J'en ai profité pour faire des gâteaux au chocolat. Les filles étaient tout excitées pour la soirée, même Denisa, qui était du genre casanière. Je ne savais même pas qui était censé venir. « On l'a dit à tout le monde ! » a avoué Daniela.

Les invités ont commencé à arriver vers 21 heures, Sorin et Simona avec leurs colocs et un bouquet de fleurs, les Thaïlandaises avec un gâteau, Valeriu, Andrei, Nicolae et Dimitri m'ont offert des lunettes pour le snowboard, d'autres collègues et managers avec qui je m'entendais bien sont arrivés avec du champagne. Après nous être empiffrés, nous avons pris la route du bar. Nicolae et Valeriu m'ont retenue en disant qu'il fallait suivre la tradition roumaine : le but était d'arriver déjà bourrée sur le lieu de la fête. Nous nous sommes donc tous les trois arrêtés dans un bar, où ils ont commandé des shots de Sambuca flambés. La barmaid a d'abord refusé, car c'était interdit, mais ils ont fini par la convaincre. Après trois shots, nous sommes partis pour le *Joe's place*, où tout le monde m'attendait. C'était le bar le plus fréquenté du village, les gens aimaient son ambiance cosy, il y avait un juke-box, un baby-foot, un billard et des écrans TV au mur pour suivre les matchs.

Tout le monde avait entrepris de m'offrir des

shots d'alcool et/ou du champagne en guise de cadeau, même des clients que je ne connaissais ni d'Ève, ni d'Adam ! Les Thaïlandaises et moi avons commencé la tradition des « Tabasco shooots ! » pour contrer les effets de l'alcool. On remplissait nos verres de toutes les sortes de Tabasco qui se trouvaient sur nos tables. Mais ça ne dessoûlait pas, ça ne faisait que brûler ! Bref, après autant de mélanges, je commençais à ne plus savoir comment je m'appelais et bientôt, ce fut le trou noir.

Je n'ai « repris connaissance » qu'en sortant du taxi vers 2 h 30 du matin pour revenir dans mon appartement, rempli de visages connus... et inconnus. La *lose* ! Un jeune homme prénommé James, à qui j'avais apparemment donné mon numéro, et son ami Aaron étaient en train de manger le reste de mon gâteau au chocolat, je me suis vue faire des pas de danse classique devant Valeriu, qui pensait que je ne savais pas danser, et re-trou noir jusqu'au matin. Je vis avec horreur que James avait dormi dans ma chambre, mais vu le tableau, rien ne s'était passé. J'étais tout habillée, chaussures comprises, et il était par terre en mode pantin. J'ai eu un flash furtif d'une scène où il insistait pour rester dormir parce qu'il était trop bourré pour conduire. Aaron était déjà évanoui sur le canapé, je lui criais que dans ce cas il dormirait sur le sol, la moquette étant assez épaisse, que mon lit trop petit pour deux et... que je la lui couperais s'il tentait quoi que ce soit !

Me sentant à peu près maître de mon corps, j'ai patiemment attendu qu'il se réveille pour le mettre à la porte avec son ami. Ils sont partis et il m'a envoyé un texto plus tard pour me rappeler qu'il avait mon numéro et qu'on pourrait dîner ensemble un de ces jours. J'ai passé le reste de la journée à vomir et à ranger l'appart.

Le lendemain, au travail, beaucoup de personnes m'ont félicitée pour mes performances artistiques et alcoolisées de la veille...

Have yourself a merry little Christmas…

Mon anniversaire tombe deux semaines avant Noël, donc il fallait que je me remette de mes excès assez rapidement. Le *room service* n'allait pas être très occupé le soir de Noël ; très peu de familles dînent dans leur chambre pour l'occasion, j'espérais donc être en *off*. Je me suis toujours débrouillée pour ne pas travailler les 24 et 25 décembre.

Je m'étais mise en *shift* pour travailler de nuit le 24, de 22 h 30 à 6 h 30. Les autres femmes de l'équipe avaient refusé le job pour des raisons de sécurité : « On est des femmes, nous ! Et si on tombe sur un client bourré qui nous attaque ? » Je n'étais pas d'accord avec cet argument. Il y avait aussi des clients chelous de jour. Nous avions pour consignes, hommes comme femmes, de ne pas entrer dans les chambres la nuit. En tout cas, j'étais la seule femme à avoir accepté, avec deux hommes du service. L'avantage de cet horaire, c'est que j'avais l'impression d'avoir mes journées libres comme je ne dormais pas beaucoup en rentrant, et c'était mieux payé pour ne pas faire grand-chose. Cela me garantissait aussi d'avoir deux jours de repos consécutifs, ce qui était rare.

Le plus dur quand on travaille de nuit est de décaler ses heures de sommeil. J'avais l'impression d'être en *jet lag* permanent ; à part ça, le *shift* était tranquille. Le téléphone sonnait rarement, et c'était souvent par erreur et non pour commander un repas. Le peu de commandes reçues provenait, comme prévu, de clients éméchés de retour de soirée.

– Bonjour, bonsoir, euh... je peux avoir des pâtes ? Avec euh... vous savez, une sorte de sauce rouge !

OK, pâtes *marinara* pour lui !

– Bonsoir, pizza, mon nom, c'est, euh... pizza, la moitié avec du jambon, l'autre avec de l'ananas, non j'aime pas l'ananas, mais un fruit.

– Souhaiteriez-vous une pizza jambon et un bol de fruits frais à côté ? Un café ?

– Oui, oui, tout ça, c'est bien. Frappez fort, je serai peut-être endormi, mais j'ai faim.

Conclusion : la nuit, personne ne lisait le menu et tout le monde était bourré.

Le reste de mon temps était consacré aux inventaires, à faire le tour des chambres pour récupérer les commandes du petit-déjeuner sur les poignées de portes. Les clients avaient jusqu'à 2 heures du matin pour accrocher le formulaire. Il fallait aussi rapporter les éventuels plateaux laissés en plan dans les couloirs et les vider. Avec ma *master key*, je pouvais me permettre de rentrer dans n'importe quelle chambre ou suite inoccupée ; c'était très tentant, mais je ne le faisais que pour récupérer des objets oubliés du *room service*. Une clé électronique contient beaucoup d'informations, donc je n'allais pas prendre le risque de piquer un somme sur ces lits pourtant si moelleux ! La perte de la clé aurait engendré un renvoi immédiat, donc hors de question de l'égarer dans mes escapades nocturnes.

De 2 heures à 5 heures, l'équipe de ménage, composée exclusivement de Mexicains, et dont le chef s'appelait Jésus, récurait les cuisines et parties communes. Du coup, à leurs yeux, j'étais une grosse feignasse, car il était rare que j'aie quelque chose à faire à partir de 2 h 30. Jésus ne m'aimait pas beaucoup ! J'ai trouvé ça ironique à l'approche de Noël. Le cuisinier de nuit, Dilan, un Roumain qui avait gagné sa *green card* à la loterie, était assez bavard et généreux. Il me cuisinait tout ce dont j'avais envie et me laissait piquer des desserts dans la réserve : « Ne t'inquiète pas, ils font jamais attention ! » La dernière tâche de la nuit consistait à enregistrer et préparer les premiers petits-déjeuners. Ensuite, il n'y avait plus qu'à attendre que le manager et l'équipe du matin viennent me libérer. Il y avait un côté assez jouissif à l'idée de finir ma « journée » quand les autres la commençaient.

Daniela et Andréa voulaient absolument qu'on célèbre le réveillon dans notre appartement. Noël était très important pour elles, car loin de la famille, la morosité pouvait vite nous gagner en ces périodes de festivités. Daniela avait, par je ne sais quelle entourloupe, rapporté la grosse maison de pain d'épices qui traînait au bar. C'était notre seule décoration. Je n'ai pas ressenti le besoin d'avoir un sapin décoré, nous étions entourés de sapins enneigés à cette époque de l'année : la nature criait Noël ! Au travail, on était accueilli par des lumières, des sculptures sur glace et une patinoire fraîchement installée. Les employés bénéficiaient d'une réduction pour les employés de l'hôtel, pour mon grand bonheur.

Denisa et moi avons continué à profiter de la poudre pour nous améliorer en snowboard, et Dimitri était partant pour nous aider. Mais on avait quand même une préférence pour nos séances au spa. Pour 25 dollars (réduction employés), nous pouvions profiter toute l'après-midi des piscines et jacuzzis intérieurs et extérieurs, coupe de champagne à la main, des deux hammams, du sauna et des lits chauffants en pierre de la salle de repos. On y passait des heures à refaire le monde. J'ai trouvé assez cool de la part de l'hôtel de nous laisser nous mélanger à la clientèle et de profiter des locaux, station de ski et restaurants compris, pendant nos jours *off*. Au *Carillion*, nous n'avions pas le droit de venir à l'hôtel hors *shift*, sauf dérogation spéciale.

J'avais l'impression de vivre dans un monde féérique où rien ne pouvait m'arriver. C'était sans compter sur l'intrusion de James dans ma vie. Il m'inondait de textos et avait du mal à comprendre mon emploi du temps décalé. Le problème, c'est que je n'avais pas prévu de le revoir, donc je répondais poliment et de manière très neutre à ses messages en pensant qu'il lâcherait l'affaire. Ce qu'il fit au bout d'un moment.

19 décembre 2011. Nous avions convenu avec les Thaïlandaises d'aller nous prendre des *buffalo wings* et quelques cocktails après le *shift* du soir. Rendez-vous à 23 heures, direction *Joe's place*. Après avoir bien mangé et bien bu, on s'est décidé à rentrer à pied dans un froid glacial. Qui donc se trouvait à l'entrée du bar ? James, bien éméché et tout content de nous voir. Il a insisté pour nous raccompagner en voiture, ce que nous avons refusé, repartant à pied. J'avais un drôle de pressentiment : j'ai demandé aux filles de venir à l'appartement « au cas où » et j'ai fermé la porte à clé. Mon sixième sens a eu raison. Dix minutes plus tard, James tambourinait à la porte.

On se regarde toutes les quatre. Malee chuchote : « Fais comme si on n'était pas là ! » Il frappe et crie mon nom : « Adama, ouvre s'il te plaît, j'ai quelque chose à te donner. Après, je m'en vais. » Il continue et commence à sangloter : « S'il te plaît, ne me laisse pas à la porte ! » On se concerte avec les filles. Je suis pour ouvrir et le laisser sur le palier le temps qu'il me donne son « cadeau ». Les filles refusent : « On ne le connaît pas, c'est un Américain, il pourrait avoir une arme, il est fou et bourré ! » Pas faux. Je me décide quand même, en me disant qu'il allait réveiller tout le voisinage et que, en cas de danger, les garçons étaient juste en dessous. J'ouvre la porte et le laisse entrer sans trop réaliser. Cette fois, il sourit : « J'ai une bouteille de Jack Daniel's, c'est mon père qui me l'a donnée. Il est à l'hôpital, mourant. » Et merde ! J'ai un don pour attirer les mecs… troublés. Ou peut-être le sont-ils tous ? Pour le moment, je commence à prendre peur et me rapproche des filles. Je remercie James et lui demande gentiment de partir. Il insiste pour rester. Après un certain temps de négociation, il se décide à s'en aller. Les filles sont choquées, on décide de toutes se mettre dans ma chambre. « Il avait un drôle de regard, je suis sûr qu'il est dangereux » dit June. « Il va nous tuer ! » exagère Lamaï.

Boum, boum, boum ! James est de retour. Cette fois, on l'entend sangloter : « Ouvre s'il te plaît, ouvre ! » Il cogne de plus en plus fort et crie de plus en plus fort. Les filles paniquent. « Appelle les garçons en bas ! » J'essaie d'appeler Valeriu, répondeur ; Dimitri, idem. Je sais qu'Andrei et Nicolae sont allés faire du snowboard de nuit au village de l'hôtel. Plus le choix : 911. Mon portable en profite pour avoir des problèmes de réseau. « 911, que puis-je faire pour vous ? » J'essaie d'expliquer la situation, ça grésille.

– 911, où vous trouvez-vous ? Avez-vous besoin d'aide ?

– Oui !

– Très bien, j'envoie une voiture.

Je me rends compte que je n'ai pas donné mon adresse au 911, comment me retrouver ? Dix minutes plus tard, la voix de James a disparu et on frappe à nouveau à la porte : « Police, ouvrez, s'il vous plaît. » Deux policiers entrent, un troisième s'occupe de James non loin de là. « Le jeune homme dit avoir une relation romantique avec vous, c'est vrai ? » Ah, première nouvelle ! Envoyer des textos banals, c'est être amoureux maintenant ? J'explique l'histoire depuis la soirée de mon anniversaire, les Thaïlandaises confirment. « Oui, bon, on a discuté un peu avec lui, il n'a pas l'air très stable, on va le garder en prison pour la nuit de toute façon, il est trop fait pour conduire. » Le troisième policier réapparaît : « Il veut que vous lui rendiez sa bouteille de Jack Daniel's, une histoire avec son père… De toute façon, on va patrouiller pendant deux ou trois jours pour être sûrs qu'il ne repasse pas dans le coin, rassurez-vous. » Ma deuxième expérience positive avec des policiers ! Pensais-je.

Après cet incident, James m'a quand même envoyé un message affirmant qu'il avait compris la leçon et qu'il me ficherait la paix. Je suis ensuite descendue engueuler les garçons pour leur inutilité en ce moment de détresse. « Mais on dormait ! T'as qu'à pas inviter des garçons bizarres chez toi ! » Et tout ceci a fini avec un câlin collectif, des excuses, et le visionnage des *Visiteurs 1* avec sous-titres pour les Roumains.

Noël est vite arrivé. Nous attendions tous notre emploi du temps avec impatience. Je ne m'en sortais pas trop mal ; j'étais de nuit le 24 et de repos les 25 et 26. Lamaï était de nuit pour toute la saison, en réception. Je passais la voir de temps en temps pour discuter, mais elle était beaucoup plus sollicitée que moi : arrivées tardives, plaintes en tout genre, départs précipités. Le soir du 24, nous avons reçu tout le monde à l'appartement pour trinquer au champagne et grignoter. Tout le groupe avait obtenu sa soirée, mais travaillait le 25. Les garçons ont voulu marquer le coup en détruisant la maison en pain d'épices. C'est donc en lâchant cette ambiance bon enfant alcoolisée que Lamaï et moi avons pris la route, en titubant un peu, vers l'hôtel. Elle était beaucoup plus touchée que moi de ne pas pouvoir profiter de sa soirée du réveillon et m'avoua déprimer un peu, car elle se sentait toujours décalée et ne pouvait pas profiter des escapades et autres fêtes en travaillant toujours de nuit. Je compatissais.

La nuit du 24 a été plus qu'ennuyeuse : zéro appel au compteur, pas d'inventaire, couloirs propres, très peu de précommandes de petit-déjeuner. Dilan et moi avons passé la nuit à parler et à nous empiffrer des restes de gâteaux de Noël qui allaient finir à la poubelle.

Le 25, j'avais l'appart pour moi toute seule, ce n'était pas désagréable. J'en ai aussi profité pour appeler la famille. Lorsque les filles sont rentrées, nous avons remarqué que même si ça faisait à peine deux mois qu'on se connaissait tous, l'osmose était parfaite. Puis Daniela a annoncé qu'elle voulait rentrer au Pérou. Son pays, sa famille et son copain lui manquaient trop ; quant à son travail au café de l'hôtel, il l'angoissait. Il ne lui restait que quatre mois de contrat, mais je peux comprendre que certaines personnes n'apprécient pas d'être éloignées de chez elles et de perdre leurs repères. *There's no place like home.*

Janvier, rien à signaler

Qu'est-ce qu'un hôtel de luxe sans ses clients, non pas exigeants-relous, mais du niveau supérieur : chelou ? Certes, face à Natalia, souvenez-vous, ma *bestie* de Baltimore, qui était de retour à San Juan et gérait le *room service* du *Carillion*, nos clients étaient bas de gamme. Disons que nous avions une clientèle composée d'insignifiants millionnaires et milliardaires très peu connus du grand public et ravis de dépenser leur énergie et leurs sous dans l'une des plus belles stations du Colorado, alors que Natalia recevait Jennifer Lopez, Beyonce ou Barack Obama… « Jennifer Lopez nous a demandé de l'eau de pluie pour son bain », m'a-t-elle dit un jour. No comment.

Mes problèmes étaient bien mineurs. Je ne m'étalerai pas sur le nombre de clients mécontents parce que le repas n'a pas été livré dans les cinq minutes :

– Mes enfants ont faim ! On vient de rentrer du ski, Madame Adama ! Je veux mon repas tout de suite !

Déjà, tu aurais pu faire une précommande comme la plupart de tes compères, mais bon, comme tout est toujours de ma faute…

– Madame, je comprends très bien, le sport, ça creuse !

Sachez que nos repas sont cuisinés à la minute et non surgelés. En attendant votre repas, je peux vous faire parvenir une grande assiette de frites avec ketchup et mayonnaise, aux frais de la maison.

J'avais bien sûr déjà fait partir la commande dès le premier cri, le métier rentrait…

– Très bien, faites ça, on vous attend.

Cette commande est arrivée tellement vite, deux minutes après l'appel, qu'elle m'a rappelée pour me remercier, comme si j'avais sauvé ses enfants de la famine.

Vous le savez déjà, on donne plein de cadeaux aux clients récurrents et à ceux qui ont un gros potentiel de dépense. Une partie de mon job consistait à m'assurer que ces clients VIP recevaient bien leur cadeau de bienvenue plus ou moins personnalisé. Toutes les informations utiles se trouvaient dans le logiciel *Opera* : les arrivées, les départs, les préférences des clients, leurs allergies, leurs habitudes, leur degré d'exigence, etc. La plupart des profils étaient classiques. Quand je dors dans des hôtels de luxe, j'ai aussi mes petites exigences : chambre éloignée de l'ascenseur, étage élevé, allergique aux plumes.

Deux clients habituels m'intriguaient particulièrement : Lady L et Mister X. Fraîchement débarqués pour le mois de janvier, l'une comme l'autre refusaient nos cadeaux de bienvenue et souhaitaient simplement qu'on satisfasse à leurs demandes habituelles. Les managers sont souvent réticents à laisser les nouveaux employés s'occuper de ce genre de clients, mais il n'y avait rien de sorcier. Lady L voyageait toujours avec son fils, âgé de dix ans cette année-là. Qu'attendait-elle de nous ? Nous avions tous l'obligation de l'appeler Lady L sous peine de crise d'hystérie ; si elle demandait de l'eau, il fallait savoir que ce devait être du Perrier, servi dans un verre à vin blanc, avec une rondelle de citron vert, sous peine de crise d'hystérie. En somme, rien d'impossible. Un matin, elle a commandé des gaufres pour son fils et Stéphanie voulait que j'aille livrer la commande, cérémonie du Perrier comprise.

Lady L était une femme riche, certes, mais d'une extrême banalité physique. Je m'attendais à un style Lady Di et j'ai été déçue. Une fois la cérémonie du Perrier terminée et la gaufre sous cloche déposée, elle me dit : « Pouvez-vous beurrer la gaufre de mon fils ? » J'ai utilisé toutes mes compétences d'actrice pour ne pas lui sortir mon regard : « Tu te fous de ma gueule ? » Mais dans le fond, l'expérience ne fut pas plus désagréable qu'étrange. En engageant la discussion tout en beurrant la gaufre de son fils, je me suis rendu compte qu'elle était très gentille ; c'était juste qu'elle vivait dans un monde lunaire. Je suis ressortie troublée par cette rencontre.

Mister X, on n'a jamais vu son visage, mais il avait son petit rituel lors de ses séjours. Tous les jours, à 17 heures précises (pas 16 h 59 ni 17 h 01) nous devions lui apporter une bouteille de Veuve Cliquot que les Américains ont pris la fâcheuse habitude d'appeler *Vouve*. Il fallait frapper trois fois à la porte, puis ouvrir et déposer la bouteille sur la table de l'entrée. Je l'ai fait pendant une semaine sans jamais voir sa tête. Le matin, il voulait simplement du jus de pamplemousse rose, soit la version chimique.

En général, les clients payent le prix du jus de fruits fraîchement pressés, c'est ce qui est écrit sur la carte. Vu le volume de commandes, inutile de dire qu'on ne s'amusait pas à presser les oranges à la minute. On avait de gros bidons de jus d'orange et de pamplemousse. Pressés, certes, mais industriellement. Et pas du jour. « Y a pas de différence ! » disaient les managers. Sauf qu'à six dollars le verre, hors taxes… Enfin, j'étais la seule à m'en indigner : « Mais au moins, mettez sur la carte "jus pressé" sans le "fraîchement" ! » Passons sur ce genre de mini-entourloupes clients. La plupart du temps, les produits étaient extrêmement frais et tout était fait sur place.

Au *shift* du soir, le *room service* devait servir des *S'mores* à l'heure du goûter, une gourmandise bien meilleure que le *peanut butter jelly sandwich*. C'est une sorte de sandwich composé de crackers, de marshmallows grillés au feu de camp et de chocolat en tablette. À 16 heures, quelques serveurs et moi-même sortions en bas des pistes, près du feu de camp, pour y déposer d'énormes récipients remplis de ces trois ingrédients. Nous préparions tout en avance, puis il fallait rester dehors pour veiller au ravitaillement en cas de pénurie. Imaginez-vous sortant des pistes après plusieurs heures de folie et voir devant vous des douceurs sucrées gratuites… Les clients, adultes comme enfants, se transformaient en bêtes sauvages assoiffées de glucose. Le feu se reflétant dans leurs yeux ajoutait beaucoup de *drama* à la scène. Heureusement que ça ne durait qu'une heure ! Les marshmallows étaient faits maison par notre chef pâtissière, et ils étaient excellents. Donc bien évidemment, je me portais très souvent volontaire pour monter le stock du sous-sol, où elle me faisait goûter ses créations : marshmallows à l'orange, au rhum, aux M & M's, à la menthe, au citron, etc. J'avais l'impression d'être une gamine qui arrivait dans un laboratoire secret pour tester les potions d'un savant fou. C'était plein de couleurs, avec l'odeur du sucre chaud et de la fumée. Ensuite, il fallait se les geler et regarder les clients se goinfrer et en redemandant encore et encore. Entre employés, pour patienter dans notre frêle uniforme extrêmement perméable au froid, on s'amusait à regarder le thermomètre géant et à essayer de deviner jusqu'où descendrait la température - 0 °C, -12 °C, - 16 °C… ? Quelques clients bienveillants venaient s'inquiéter de notre état de santé : « Vous devez geler dehors avec votre petite chemise ! » On a le droit de vous donner quelques *S'mores* ? »… Hé, ho, ça va, on n'est pas des singes en cage à nourrir non plus ! Quoique…

Chaleur humaine

Daniela est partie fin janvier. Nous n'avons pas insisté pour qu'elle reste, elle était malheureuse et commençait à se perdre dans son manque. Elle pleurait tous les jours, car son petit ami péruvien lui manquait... mais couchait avec un serveur du restaurant, un Américain qu'elle décrivait comme « moche, petit et pas doué au lit ». Mais il s'intéresse à moi, je me sens moins seule. Ah ! Elle faisait partie de ces gens qui ne peuvent pas rester célibataires et font de couple le synonyme de bonheur. Pourquoi définir l'autre comme un besoin ? Je suis avec quelqu'un parce que je le veux, pas parce que j'en ai besoin. Le célibat ne m'a jamais fait peur et, vu ma dernière expérience, je commençais à me convaincre que c'était le meilleur des modes de vie. Et puis, on peut toujours trouver un homme pour satisfaire ses envies passagères.

De mon côté, je me sentais asexuée. J'ai eu une relation plus que brève avec un Franco-Italien en novembre, et ensuite, je ne cherchais que de l'amitié. Pourtant, les incitations à la débauche n'étaient pas rares. Le *Joe's place* était devenu le QG de la plupart des employés du coin. J'avais l'impression d'être dans *Grey's Anatomy*, à force de sortir tard et d'aller prendre un verre avec les collègues. On avait formé un *crew* avec les Thaïlandaises et mes colocs ; il était donc difficile pour un homme de s'immiscer dans notre groupe pendant qu'on buvait en refaisant le monde. On commandait des *buffalo wings* et des cocktails jusqu'à ne plus en pouvoir, avec quelques *Tabasco shots*. Les autres nous prenaient pour des folles. Pour éloigner les hommes, les Thaïlandaises dont June, lesbienne, faisaient croire qu'elles étaient des *lady boys*. Des couples se formaient avec ces mix, Sud-Africains, Sud-Américains, Asiatiques, Européens et Américains. J'ai décliné deux ou trois déclarations enflammées. Malee disait : « C'est parce que t'es trop charmante ! » Je pense sincèrement que c'était parce que j'étais la seule Française.

Une petite nouvelle, russe, Masha de son prénom, avait débarqué au *room service* et s'était vite intégrée dans notre *crew*. Elle avait beaucoup de succès et, sans prétention, j'étais ravie que les yeux se tournent tous vers elle. Russe, sexy, blonde, yeux bleus, un corps de rêve. Elle avait déjà travaillé dans l'hôtel l'hiver dernier et était revenue dans l'espoir de reconquérir un Américain qui l'avait larguée, ne supportant pas la distance. En vain. Elle se confiait beaucoup et, de mon expérience, je ne pouvais que lui conseiller d'oublier et d'avancer. Beaucoup de collègues lui tournaient autour, et elle a fini par succomber aux avances de Peter, un cuisinier de vingt ans. Son ex fut très vite mis à la trappe dans son esprit. On ne lâche pas une branche avant de pouvoir en attraper une autre.

June, en couple dans son pays, se rapprochait dangereusement d'une autre lesbienne des Philippines, Rachelle. Autant June était hyper féminine et élégante, autant Rachelle ressemblait à un homme, mignon, mais à un homme. Si bien que j'ai d'abord cru que June avait changé de bord. Lamaï était secrètement amoureuse de son boss et faisait des jeûnes pour voir ses prières se réaliser un jour. Malee était dégoûtée des hommes, c'était tous des lâches ! Elle était cependant en recherche active d'un futur mari... Cela faisait fuir les quelques prétendants qui l'approchaient. Beaucoup de couples se formaient, se déchiraient, beaucoup de tensions sexuelles, beaucoup d'âmes en quête et beaucoup de soirées. Et toujours aucune envie d'être avec quelqu'un pour passer l'hiver.

Le mercredi, c'était *White Trash Wednesday* dans un bar de Vail. Mon lieu de décompression favori. On se déhanchait comme des diablesses sur le *dancefloor* après le *shift* du soir. Beaucoup de gens me pensaient déchirée, alors que c'était bien l'endroit où je buvais le moins. J'adore danser et l'alcool m'empêche de me mouvoir correctement. Je montais sur les podiums, utilisais le pole… Le DJ était ravi de me voir apprécier son travail à ce point : « *You made my night!* » m'a-t-il dit une fois en faisant un *check*. Le bar fermant à 2 heures du matin, on finissait souvent en *after* chez un des Argentins, qui cuisinait des tacos et autres *goodies* pour tous ! J'avais l'impression qu'être tous coincés dans ce grand village enneigé nous rendait solidaires et plus enclins à créer des liens d'amitié et d'amour.

Dans mon appartement, nous faisions des soirées *beer-pong* avec les Européens et quelques Américains. Le lendemain, je me retrouvais souvent à devoir ranger les innombrables canettes de bière dans la bonne humeur, avec la satisfaction d'avoir été une bonne hôtesse de maison. En temps normal, ça ne serait jamais arrivé. J'aime qu'on me laisse tranquille dans mon antre. Mais la porte était souvent ouverte, Valeriu et les garçons pouvaient passer sans prévenir, pour un thé, discuter ou autre. J'étais zen.

Au bout de deux mois de relation, Masha m'annonce vouloir se marier avec Peter… L'occasion de faire d'une pierre deux coups, car visiblement ils étaient fous l'un de l'autre, et elle ne voulait pas retourner vivre en Russie. Je n'y croyais pas, personne n'y croyait. Au mieux, elle se faisait passer pour l'immigrée des pays de l'Est venue chercher son sésame et profiter d'un pauvre Américain naïf. Mais elle ne jouait pas la comédie. Elle était amoureuse. Il n'y avait plus qu'à la féliciter autour d'une coupe de champagne.

Dans un registre plus dramatique, Sorin s'est fait virer de l'hôtel. Je n'ai pas compris toute l'histoire, mais une grosse dispute avec une collègue sud-africaine a éclaté, des insultes ont volé et il s'est fait virer. C'est vrai que l'utilisation d'un gros mot valait renvoi, tout comme au *Carillion*. Si bien que je remplaçais tous mes «*fuck*» par «*fudge*». J'aurais sûrement utilisé «*frack*» si j'avais regardé *Battlestar Galactica* à l'époque… Bref. Simona a voulu gifler la Sud-Africaine, mais nous lui avons rappelé que se faire virer à son tour n'était pas très judicieux. Je ne me souviens plus du nom de cette collègue, je trouvais son fiancé sympathique et souriant, mais elle, je la voyais souvent tirer la tronche. Je ne peux pas me prononcer sur l'incident, cela dit j'étais bien déçue que seul Sorin ait dû en subir les conséquences.

La sœur de cette Sud-Africaine avait la réputation d'être une marie-couche-toi-là. Rumeurs ou pas, la légende disait qu'elle était si jalouse du bonheur amoureux de sa sœur qu'elle couchait avec n'importe qui. Les Argentins en riaient souvent. Une fois qu'elle était partie s'enfermer dans sa chambre avec un jeune homme au cours d'une soirée, ils se mettaient tous à la queue leu leu à sa porte en disant : « Bon, on passe dans quel ordre ? » Ce qui m'a plongée dans une de mes réflexions profondes : Peut-on être heureuse en couchant à tout-va ? Doit-on croire la fille qui dit que c'est une forme de liberté ? A-t-elle des *daddy issues* ? Est-elle hermétique à toutes ces moqueries ? Pourquoi ne s'aime-t-elle pas toute seule ?

Fin de saison

Mars était là, les skieurs désertaient l'hôtel. Cette année était considérée comme une mauvaise année, c'est-à-dire qu'il n'y avait pas eu beaucoup de neige. C'est vrai que la douceur était vite venue, et la neige fondait à vitesse grand V. Autant vous dire qu'on recommençait à se faire chier comme des rats morts au travail. De longues heures d'attente, ponctuées d'un peu de ménage et de deux ou trois commandes.

La cérémonie des *Employees Awards* était pour bientôt. Personne ne voulait être du *shift* du soir pour ne pas manquer tout le fun. À l'instar du *Carillion*, une soirée de fun et de remises de prix était organisée pour les employés afin de les remercier de leurs efforts. Sauf qu'au Eaglebend, pas besoin d'avoir préalablement été nominé. Open-bar pour tous, sur le thème des *movie stars*, tapis rouge et champagne à volonté.

En regardant le planning de la semaine en question, j'ai vu que Stéphanie m'avait mise sur le *shift* du soir. « Il fallait bien que ça tombe sur quelqu'un ! » J'étais tellement énervée que je me suis fait porter pâle le lendemain. Elle a bien compris que c'était ma manière de me venger, mais n'a rien dit. Le jour dit arrive. Les Thaïlandaises voulaient attendre que je finisse pour qu'on se mette sur notre trente-et-un et arriver comme des stars : en retard. Mais Bjorn, superviseur ce soir-là, m'a laissé filer trente minutes plus tôt. Nous arrivons dans la salle de bal, en pleine remise des prix : le prix de l'employé le plus souriant, le plus serviable, l'équipe la plus solidaire, le département le plus méritant, etc., etc. On en profite pour s'empiffrer au buffet. Puis je réalise que les personnes qui travaillent à nous servir sont du service banquets et ne peuvent pas s'amuser avec nous. Il en fallait bien, me répétais-je.

Place au dancefloor, où tous les invités, managers compris, se trémoussent comme des fous, tous bourrés. Certains ont les mains baladeuses avec leurs subordonnées… ce n'est pas joli à voir. Un groupe décide de poursuivre les festivités au bar juste à côté de l'hôtel. Un Argentin me prend en chasse, j'essaie de le semer avec mon *crew*, mais il me rattrape et me plaque contre un mur. Les filles rigolent et me disent : « À tout à l'heure ! » Je réussis à fuir, non sans avoir été touchée de partout, pour rejoindre les autres au bar du coin. Je n'ai pas envie de me prendre une cuite. Après quelques fous rires, mes colocs, les Thaïlandaises et moi-même décidons de rentrer au chaud.

Cette période d'accalmie m'a permis de prendre des jours pour aller faire du volontariat à la *Fashion Week* de New York. On m'avait inscrite aux défilés Hervé Léger-Max Azria et Lacoste pour la matinée. Le capitaine d'équipe ne me connaît pas et semble très étonné qu'on me place direct sur de grands défilés « *Really? You? You're French, that must be why.* » Je vois que rien n'a changé, les capitaines se prennent toujours pour des Miranda Priestly en herbe. Tout est moins chaotique que ma première fois, mieux organisé, si bien qu'on n'a quasiment rien fait de la matinée, à part regarder les répétitions. Puis rebelote, ouverture des portes pour les photographes sauvages, puis pour les invités. Je me place bien et observe le show avec les yeux qui brillent, et on repart. J'ai particulièrement apprécié la collection d'Hervé Léger cette année-là, dans un style amazones-gladiateurs.

En ce mois de février où je n'étais pas trop mal lotie financièrement, je m'étais réservé un quatre étoiles tout près de Times Square. Je n'avais encore droit à la réduction employés. Je hèle un taxi pour retourner à l'hôtel, commande au *room service* des pâtes aux fruits de mer et du vin blanc et entame mon rituel : bain-Mariah Carey-vin. Le bonheur. Je traîne en peignoir le reste de la journée et finis par regarder des rediffusions de *Batman* jusqu'à m'endormir.

Le lendemain, j'étais de retour dans le Colorado avec deux robes achetées en *Off-Fashion Week*, que je n'ai jamais mises par la suite.

Ellipse

Gros saut temporel, tout simplement parce qu'il s'est à la fois passé peu et beaucoup de choses jusqu'en juin 2014. Résumé des événements. La fin du stage à l'*Eaglebend Spa Resort* fut très banale. Plus de clients, ennui, et arrêt plus tôt que prévu, en avril 2012. Les beaux jours sont arrivés, me donnant l'occasion de faire de super randonnées dans les montagnes sauvages du Colorado et de passer mon permis de conduire sans trop d'encombres grâce à la conduite en automatique.

En mai 2012, j'ai intégré le *Eagle Park Resort* à Newport (Rhode Island) et j'ai démissionné en juin, car j'avais des envies de meurtre face à mon patron. Je voulais rester aux États-Unis, mais sans trop savoir comment.

J'ai entamé une relation avec un homme en phase de divorce et assez écorché, encore, mais extrêmement gentil. Ça s'est fini sans drame, ni cris, ni larmes, juste fini. Il m'a dit : « On reste en contact jusqu'à ce que ça s'estompe, envoie de tes nouvelles, je répondrai avec plaisir. » Et, une fois n'est pas coutume, il l'a fait. On s'est parlé par email jusqu'à ce que les sentiments s'estompent en douceur. J'entendais la voix du psy résonner dans ma tête : « Les promesses ! Ce sont les promesses qui font mal ! » Effectivement, ce jeune homme ne m'avait rien promis.

J'ai dû rentrer en région parisienne, perdue, en novembre 2012. Ma sœur, qui partait s'installer avec son mari, m'a loué son appartement à Puteaux. J'ai vite retrouvé un CDI dans une entreprise indienne installée à la Défense, un job qui mériterait son propre petit bouquin. Mon superviseur était un ancien acteur porno gay, les commerciaux mariés adoraient aller voir des putes de quinze ans pendant leur séjour en Inde, quelques soirées se finissaient en rails de coke, en discussions avec des travelos et, pour certains, en club échangiste. Bref, j'ai démissionné pour me mettre en intérim.

PARIS AGAIN

Who do you want to be?

Mai 2014. Je commençais à revoir la lumière au bout du tunnel. Aucun métier ne m'intéressait, parce que je voulais être ma propre patronne, gérer mon entreprise, et j'avais oublié cela pendant plusieurs années. Quel domaine? Bien-être, relaxation… Un spa! C'était même le sujet de mon premier business plan en école de commerce. Dans l'entreprise indienne, je les bassinais tellement avec mes histoires de méditation profonde et de relaxation qu'ils m'avaient offert un après-midi en spa de luxe et de l'encens pour mon départ…

Ravie d'avoir une direction vers laquelle me tourner, mais sans le sou et sans patience, j'étais repartie pour une longue aventure. Je me suis donné une deadline : « À quarante ans au plus tard, tu ouvres ton spa. Entre-temps, apprends et banque, peu importe le job ! » En fouillant les sites d'emploi, je vois qu'un palace parisien, Le *Chrysé*, prévoit de rouvrir ses portes. On recherche des employés de préouverture, des futures hôtesses du spa. J'envoie mon CV sans trop de conviction, mais en priant très fort. On me rappelle mi-mai pour un premier entretien téléphonique. Ça se passe bien. On me dit qu'on me recontactera après la journée de recrutement, prévue fin mai.

Début juin, pas de nouvelles, je rappelle. « Ah mais oui ! Désolée, je vous avais presque oubliée, vous pouvez venir en entretien demain ? » Je dis oui, tout en pensant à un stratagème pour m'éclipser de mon lieu de travail. Le lendemain, j'arrive sur les lieux, qui, bien qu'en travaux, s'annoncent déjà grandioses. Après la sécurité, une personne des RH m'accueille.

– Vous êtes ?

– Adama Sissoko !

Elle m'observe.

– C'est pour la plonge ?

– Non, hôtesse du spa !

Mais quelle connasse ! Aujourd'hui encore, je retourne ce moment dans tous les sens : j'aurais été blanche, jamais elle n'aurait dit ça. Déjà catégorisée : dans un palace parisien, *black* égale en *backstage.* Bons pour la plonge, la sécurité, le ménage et le linge. Même si elle le pensait très fort, elle aurait dû se la fermer et me demander l'objet de ma venue. Je la vois rougir, balbutier un « Excusez-moi… », et je la suis. Je passe un entretien avec la directrice adjointe dans un premier temps, puis avec la future formatrice « produits et soins du spa », en anglais. Je sens que le feeling est plutôt bien passé, mais on me fait comprendre qu'il y a beaucoup de concurrence et que je ne connais rien au milieu du spa. Je repars, émotions mitigées.

L'après-midi même, je reçois un appel du *Shankara Palace* afin de passer un entretien pour un poste d'assistante administrative du chef cuisinier de leur restaurant étoilé. Je me dis que c'est mon moment. Après avoir tourné le dos à l'hôtellerie, ce sont les palaces parisiens qui m'appellent ! J'y vais le lendemain. Le chef me reçoit en catastrophe, je le trouve agressif. Pour le coup, ce qui le dérangeait, c'est que j'aie un bac +4. « Non, mais j'suis pas comme vous, moi. J'ai fait un CAP, j'ai pas tous vos diplômes, là ! J'pense qu'intellectuellement, le job sera pas sorcier, mais l'ambiance de la cuisine est bourrin, vous risquez de ne pas être à l'aise. » Je me défends comme je peux : je viens quand même d'un milieu modeste et pour rien au monde on peut me reprocher d'avoir dépassé le niveau bac ! Je repars énervée en tirant une croix sur cette opportunité. Et pourtant, il me rappelle le lendemain pour un deuxième entretien... que je finis par décliner. Si c'était un test pour évaluer ma gestion du stress et de l'agressivité, eh bien c'était mal calculé. Je ne bosse pas pour me faire gueuler dessus.

Les jours passent et je finis par recevoir un appel du Chrysé pour un entretien avec les ressources humaines, plutôt positif, puis un dernier entretien avec le directeur général. À ce moment-là, je sais que je vais être embauchée. Il le dit lui-même : « Si vous êtes arrivée jusqu'ici, c'est que c'est bon, vous me voyez par formalité. » Effectivement, je reçois mon contrat dans la foulée, avec la date d'entrée en entreprise. J'arrive donc une semaine plus tard pour la journée d'orientation. Je pensais être arrivée pile à l'heure, mais en fait je suis la dernière. J'entre donc le plus discrètement possible et me glisse sur la seule chaise vide à la table la plus proche de l'entrée. Je suis entourée d'un groupe de jeunes hommes qui ont l'air de bien se connaître. Nous devons remplir une fiche de renseignements, et l'un d'eux demande au groupe, d'un accent que je reconnais très bien :

– Hé wesh, c'est quoi, la commune de naissance ?

– J'en sais rien, t'as vu.

Je me permets donc d'intervenir en douceur :

– Euh... C'est la ville de naissance.

– Ah ouais ! Merci !

Après deux-trois speeches et vidéos, pause-café.

Je sors avec mes nouveaux compagnons et les discussions commencent.

– T'es d'où, toi ?

– Nanterre.

– On dirait pas, tu caches bien ton jeu ! Tu vas bosser où ?

– Au spa.

– Aaah... tu sais faire les massages et tout !

Gloussement général.

– Non, non, hôtesse, prendre les résas, accueillir les clients, gérer le planning, vendre des produits, entre autres.

– Ah ouais, c'est cool, faudra nous inviter !

De retour dans la salle, une série d'exercices de groupe nous attendaient. J'ai constaté que ces jeunes hommes entretenaient leur côté « ignorants » à base de réflexions du genre : « Vas-y, écris au tableau Adama, t'as fait des études. Nous, on n'est que des techniciens ! » Je ne voyais pas en quoi ça les empêchait d'avoir une bonne orthographe. Je connais des ingénieurs, directeurs et autres qui n'alignent pas trois mots sans fautes.

À la pause de midi, nous décidons de prendre l'air et je me retrouve dans un groupe de femmes noires. Elles me disent qu'elles seront soit femmes de chambre, soit au linge, soit en cuisine, soit au ménage des espaces publics. Donc quand j'annonce que je serai en *front*, elles me complimentent. L'une d'elles me dit : « C'est bien ma fille, représente-nous bien ! » Une réflexion que je ne me faisais pas aux États-Unis : il y avait de tous les genres et couleurs à tous les types de postes dans les hôtels de luxe. Mais en France ? Je n'avais l'expérience que de l'Hôtel des Galeries, un quatre étoiles. Il y avait une Noire, cheffe de réception, et c'est vrai qu'elle s'était pris quelques réflexions de clients. Exemple : « C'est pas génial pour l'image de l'entreprise d'avoir quelqu'un… comme ça… en réception, hein ! » En interne, tout le monde s'en foutait, mais la clientèle luxe, c'est pas toujours facile à gérer. Je commençais à me demander si cela allait poser un problème dans un hôtel comme le *Chrysé*. En 2014, si on en était toujours à se poser ces questions… c'était désespérant.

Mais être en *front* dans un palace, c'est aussi beaucoup une question de physique, soyons honnêtes… On représente l'image « luxe » de l'hôtel, donc on exclut les gros, les moches, et, volontairement ou involontairement, certaines ethnies. Je me suis souvenue des Thaïlandaises qui disaient qu'en Asie, la discrimination physique à l'embauche en hôtellerie était très courante et affichée. Pour les femmes, il fallait être jolie, mesurer 1,60 mètre minimum, et être mince. Je suis d'accord sur le fait qu'on ne puisse pas ressembler à un pouilleux et que le milieu exige qu'on soit tiré à quatre épingles, mais tout le monde est arrangeable, non ?

C'est donc la tête pleine que je me suis couchée ce soir-là pour entamer ma première journée au spa le lendemain.

Fantaisies

Le 17 juin 2014, toute pimpante, j'arrive au spa, situé en sous-sol et en fin de travaux. C'est bien ce qui rendait l'expérience excitante : l'hôtel n'était pas encore ouvert, tout était neuf, tout était à découvrir. Je vais à la rencontre de l'équipe dans les bureaux, il y a la directrice Sophie, son adjointe Thérèse, une future hôtesse comme moi, Aurélie, et celle que l'équipe appellera plus tard « le petit serpent », l'assistante de direction Elsa, qui entame rapidement ma formation. Elle vient d'un milieu modeste également et travaillait en tant qu'hôtesse spa dans un autre palace parisien avant celui-ci. Elle me fait faire le tour du spa. Je le trouve magnifique, tout en bois, dans une ambiance très asiatique. Les vestiaires, saunas et hammams ne sont pas mixtes. Il y a une salle de repos, huit salles de massage dont deux suites doubles, une super piscine avec jacuzzi et deux salles de sport.

Je me sens déjà très détendue ! À la fin du tour, Elsa me dit : « C'est sympa, hein ? Maintenant, décris-moi tout ce dont tu te souviens : où se trouvent les toilettes, par où accèdent les clients, ce qu'il y a dans les vestiaires... » On peut dire que j'ai été prise de court. J'ai tout de suite fait un mémo perso : « Se méfier d'Elsa. » Elle souriait à chaque erreur que je faisais. Je lui ai quand même fait la réflexion que c'était la première fois que je visitais le spa et que j'aurais besoin de plusieurs tours avant de me familiariser. « Bien sûr, mais quand même, il faut observer ! » Qu'elle m'enlève ce sourire de faussaire avant que je lui casse une dent.

De retour au bureau, je rejoins Aurélie, une fille plus jeune que moi, fraîchement diplômée d'école hôtelière, et Thérèse, ravie d'avoir évolué à ce poste. Elle m'explique qu'elle s'occupera principalement de gérer l'équipe des masseurs, puis détourne la conversation en disant qu'elle est contente d'avoir une Africaine dans l'équipe. Son mari avec qui elle a eu deux magnifiques petites métisses, l'étant lui-même. Dans un souci de copinage, et, je pense, de vouloir m'intégrer rapidement, elle en faisait trop. Me parler de mes cheveux frisés, de bananes plantains et de yassa toutes les deux minutes… C'est bon, j'ai compris, tu kiffes les blacks ! Où est le juste milieu ? Traite-moi comme les autres. Prenons le sens inverse, ça serait bizarre que je fasse la conversation en disant : « Oh, tes cheveux lisses, j'adore comment tu les coiffes ! J'adore le fromage, tu sais, des fois je vais chez le fromager en acheter ! Attends, le meilleur, c'est quand même la plus petite taille du pénis des gens comme toi ! » Bref, elle m'a épuisée tout l'après-midi.

Aurélie, l'équipe de masseurs et moi devions commencer, le lendemain, une formation en anglais aux produits du spa. Ça allait durer le reste de la semaine, avec tests à la clé. Une formatrice de la marque était venue de Londres pour l'occasion. Une sorte de Cristina Cordula, grande, extravertie, brune aux cheveux courts avec d'énormes yeux bleus. Bien que la plupart des masseurs semblaient blasés, moi j'étais fascinée par ce monde de la cosmétique, qui m'était complètement inconnu. De plus, il n'y avait que des produits 100 % naturels. Apprendre les bienfaits sur le corps et l'esprit de telle ou telle plante, laquelle rajeunit, laquelle a un effet détox, botox, etc., bon, c'était un moyen de nous former à la vente de produits, mais c'était aussi tout bénef pour moi qui n'y connaissais rien ! Et quoi de mieux pour intégrer les informations que de tester les produits soi-même ? Nous avions donc des devoirs à la maison assez cools : tester les masques, crèmes, huile, etc., sur nous-mêmes ou sur les autres afin de se mettre dans la peau du client. Moi, grande adepte du rituel savon de Marseille et crème Nivea, j'avais encore un peu de mal à comprendre ce besoin de se tartiner autant de produits sur le visage : tonifiant, revigorant, matifiant, nettoyant... En tout cas, ça sentait très bon et ça me détendait.

Après trois jours d'apprentissage intensif et de tests réussis, place à l'apprentissage des soins pour l'équipe des masseurs, et du speech d'accueil pour les hôtesses. Entre-temps, Lola, une Espagnole, nous avait rejoints pour la formation. On riait déjà beaucoup toutes les deux, elle avait un fort accent, mais parlait couramment français. Elle était grande, blonde et mince, et je-m'en-foutiste comme moi. On avait toutes les deux du mal à se conformer aux exigences du métier. Pour accueillir la clientèle, nous devions nous approcher de l'ascenseur, arborer un grand sourire, mettre les mains derrière le dos et dire « Bonjour/Monsieur » puis les accompagner dans la salle d'attente, proposer un thé, leur demander de remplir la fiche de santé que j'avais traduite en français. Ensuite, leur faire faire le tour du spa dans cet ordre : piscine, vestiaires avec douches et toilettes incluses, salle de repos, tout en expliquant les bienfaits du jacuzzi, du hammam, de la fontaine à glace et du sauna, avec conseils d'utilisation, en français et en anglais. Nous n'avions pas encore de clients, donc nous échangions les rôles pour tous y passer ; la formatrice nous faisait ses remarques, puis nous recommencions. Un tour de dix à quinze minutes par clients ! C'était impensable. Avec Lola, on imaginait déjà des stratagèmes pour écourter ces visites. Et on avait du mal à se projeter dans la réalité. La clientèle haut de gamme, ce sont des gens qui n'ont pas le temps, non ? Même moi, ça me saoulerait qu'on me bouffe dix minutes pour faire le tour du spa. Pour nous, indiquer l'essentiel suffisait : le fonctionnement du cadenas pour les gourdes et du sèche-maillot de bain même si c'était écrit, le temps conseillé dans le sauna et le hammam, où se trouvait le sèche-cheveux et les petits produits de beauté, oui. Mais montrer qu'il y avait et de l'eau chaude et de l'eau froide dans les douches, que les toilettes s'ouvraient en poussant la porte et que le jacuzzi faisait des bulles comme par magie : *no way* ! Nous étions aussi en désaccord sur la posture « droites comme un piquet, démarche militaire, main derrière le dos ». Lola, une fille du Sud, et moi-même encore plus du Sud, on était hyper souriantes, mais la rigidité ne nous allait pas du tout !

La formation hôtesses a touché à sa fin et nous avons eu le plaisir d'être les cobayes des masseurs pour les massages et soins du visage. Quasiment deux soins par jour, le bonheur total. Entre deux traductions et mises en place de la décoration, un masseur ou une masseuse venait dans le bureau : « J'ai besoin de m'entraîner pour la réflexologie », « J'ai besoin de quelqu'un pour un soin du visage »... À tel point que certaines d'entre nous refusaient l'offre, sous prétexte d'en avoir trop eu. Ce n'était jamais mon cas, mais le temps commençait à se faire long. La formation aux logiciels de réservations a été expéditive, il n'y avait rien de sorcier à apprendre. Certains jours, on nous renvoyait chez nous plus tôt parce qu'il n'y avait rien à faire.

Deux semaines avant l'ouverture officielle du *Chrysé*, c'était l'effervescence. Des collègues des quatre coins du monde sont arrivés pour tester tous les services de l'hôtel, restaurants, chambres, spa, et nous évaluer. On m'avait envoyée en mission pour trouver un CD de musique d'ambiance à la Fnac des Champs-Élysées, puis au marché Saint-Pierre pour acheter des tissus pour les pochoirs des masseurs. La moitié de la déco manquait encore, ainsi que certaines machines de la salle de sport. On avait deux coachs sportifs, trois équipiers pour le ménage et pas encore de maître-nageur. C'était donc la panique. Tout ce que j'aime : courir partout, aider dans d'autres départements, ne pas m'ennuyer !

J'allais oublier les uniformes et le *grooming*, obligatoire dans l'hôtellerie de luxe. Toutes les femmes, sauf à la sécurité, devaient porter des talons d'au moins quatre centimètres, non compensés, mettre du maquillage discret mais voyant, un vernis discret, des collants couleur chair, avoir les cheveux attachés en chignon ou le plus proprement possible s'ils étaient longs. Je le répète, je n'aime pas le maquillage et je déteste les talons ; au final, je prenais ça comme un rôle et j'acceptais. Nos robes d'hôtesses étaient classes, noires, près du corps, mais confortables, dans un style un peu asiatique, avec une veste noire. J'étais par contre extrêmement jalouse de l'uniforme des filles du restaurant gastronomique chinois : robe chinoise aux dessins argentés. Nous avions trois tenues, et l'hôtel se chargeait de la lessive. Et voilà, nous étions tous prêts et beaux pour commencer cette aventure !

Let the show begin

12 août 2014, ouverture des portes. Les vrais clients étaient là. Je ne vous ai pas trop parlé de Sophie, la directrice. Un drôle de personnage venant du Sud, très femme-enfant. Si vous avez un peu cerné ma personnalité depuis le temps, vous aurez compris que je ne m'entendais pas très bien avec elle. J'appréhendais l'ouverture du spa en partie pour cela ; j'y reviendrai.

Nos plannings avaient été faits par Elsa, qui nous avait demandé nos préférences. Et ça me convenait plutôt bien. De repos le dimanche et le lundi. Personne n'en voulait : « Bah c'est nul, le dimanche, c'est mort, et le lundi, tout est fermé » disait Aurélie. Mais pour Lola : « Moi, jé m'en fous hein, n'importe quel jour c'est bon ! » Personnellement, je déteste travailler le dimanche, ça reste un jour sacré pour moi. Je préférais aussi les horaires du matin, 8 h-16 h, c'était parfait. Bon, il fallait tourner pour être équitable ; c'est fun pour personne de finir à 22 h 30 tous les jours.

Premier jour, 8 heures. Fleurs fraîches à mettre en place, bougies à allumer, caisse à aller chercher, un tour pour s'assurer que tout fonctionne, connexion à l'ordinateur, vérifications des (rares) réservations. 9 heures. Sophie reste enfermée dans son bureau. Première cliente : la femme du directeur général, comtesse de je ne sais quel pays, avec son sac Prada, ses claquettes Chanel et un grand sourire. Je lui sers un thé. Elle ne veut pas remplir sa fiche de santé. Soit, mais pour raisons légales, elle doit quand même la signer, dis-je poliment. Elle me pose plein de questions sur ma vie et je n'ai pas le temps d'en placer une pour lui expliquer le fonctionnement : « Oui, oui, c'est bon, je connais. Donc vous parlez aussi anglais, dites quelque chose » Puis elle se met toute nue devant moi en me harcelant de questions, et file vers la porte du sauna.

– Donc je reviens à 10 heures dans la salle de repos et on vient me chercher pour le massage ?

– C'est bien ça ! À tout à l'heure.

OMG ! À partir de ce moment-là, je réalise que je suis entrée dans un autre monde. Le monde des super-riches, le niveau supérieur, celui des Visa Infinite et Platinum, celui où tout est exigible. Entre 800 et 5 000 euros la nuit, on peut se permettre d'être exigeant, on est chez nous et plus chez l'autre. Le palace, c'est la perfection à tous les niveaux, le prestige, l'expérience inoubliable.

Ce matin-là, en allant chercher la caisse, le luxe du lieu me frappe. Le spa en sous-sol est, comme souvent, isolé du reste de l'hôtel. Pour aller chercher la caisse, il faut traverser le hall d'entrée. C'est un défilé de mode d'uniformes taillés sur mesure, un ballet de métiers : la réception, la sécurité, les concierges, les portiers, les bagagistes-chasseurs... Et tout cela dans un cadre grandiose, des sols en marbre, des gravures en or, des bouquets de fleurs gigantesques, des statues en cristal. L'opulence pure et dure. Eh bien, en traversant ce hall, j'ai mécaniquement redressé le dos, tête haute, ajusté ma démarche, pour me donner de l'allure. Il y avait cette envie de, non pas appartenir à ce monde, mais me fondre dans le décor, ne pas passer pour le mouton noir. Et on sourit, et on salue les personnes qu'on croise, clients comme collègues. J'ouvre la porte qui mène aux coffres, elle se referme, je m'arrête, le défilé est terminé, j'ai déjà mal aux pieds. Talons de huit centimètres, j'enlève.

Le soir même, je suis allée chez le cordonnier pour qu'il me retire deux centimètres. Cette histoire de talons commençait à poser problème. Dans les vestiaires femmes, ça sentait le mort. Transpiration des pieds et collants, un très mauvais cocktail. Gémissements sans fin et pieds meurtris. On n'en était qu'à une semaine d'ouverture, mais on avait toutes de nouvelles chaussures, c'était horrible. Et ça échangeait des pansements, et ça pleurait, et ça mettait du coton pour atténuer la douleur... Moi, j'ai décidé de passer aux chaussures compensées. « Mais t'es folle, c'est interdit ! » s'insurge Aurélie. « On ne peut pas me virer parce que j'ai pas mis des talons aiguilles de huit centimètres. Et aussi, je ne mets plus de collants, ça fait puer des pieds. » « Ah ouais, mais toi, t'es black, ça se verra pas ! » Voilà, c'étaient mes premiers actes de rébellion, je ne pouvais pas me convertir tout de suite.

Premiers jours plutôt calmes, de quoi prendre ses marques en douceur. À ma grande surprise, nous recevions beaucoup de visiteurs locaux, curieux de découvrir ce palace dont ils avaient tant entendu parler. C'est horrible à dire, mais c'était plutôt facile de distinguer les riches voisins des quidams curieux. Les riches voisins débarquaient comme s'ils étaient chez eux. « Bon alors, vous nous avez cassé la tête pendant des mois avec les travaux. Maintenant, on vient voir c'était pourquoi tout ce tintouin, haha ! » Et les plus modestes arrivaient au spa d'un pas timide, ayant peur de déranger, et très souvent trop habillés pour l'occasion : « Ah, Madame, merci d'avoir pris le temps de nous faire visiter, vous savez, on n'aura jamais les moyens de s'offrir un établissement comme ça, hein ! » Y a toujours le Loto…

La pause de midi, c'était le moment parfait pour se mêler aux autres départements. Je tiens à souligner que c'était la meilleure cantine de toute ma vie. Tout était cuisiné par des chefs de talent. L'un d'eux avait d'ailleurs participé à une de ces émissions de cuisine à la mode, style *MasterChef*. C'était presque honteux d'avoir autant de choix à la cantine. Bar à salades, grande sélection de charcuterie, bar à pâtes, bar à crudités, bar à desserts du pâtissier, boissons à volonté, et enfin on pouvait choisir notre plat principal, poisson ou viande, et pas moins de cinq choix en accompagnements et sauces. De quoi bien se gaver. Je me souviens qu'au *Carillion*, nous avions comme politique de donner nos restes dans des foyers de SDF ; pas sûr que c'était le cas ici.

C'est lors d'une de ces pauses que je pense apercevoir un visage très familier. Serait-ce... Miguel Alvaro, mon *crush* du collège ? J'écris *crush* parce que je doute avoir su ce qu'était l'amour au collège. J'étais un peu misanthrope-ghetto-bonne élève-pas le temps pour les garçons. Mais lui, je l'observais en silence, essayant de comprendre pourquoi j'avais l'impression d'avoir des insectes qui grouillaient dans mon ventre le peu de fois où on interagissait. Impossible que ça soit lui ! Je quitte la cantine, direction les toilettes.

En ressortant…

– Adama ?

Retrouvailles devant les chiottes. La classe !

– Oui !

– La vache, ça fait longtemps ! J'ai cru te voir à la cantine, mais j'étais pas sûr ! C'est dingue, tu bosses ici ! Tu fais quoi ?

Je ne reconnaissais pas l'uniforme.

– Hôtesse du spa, et toi ?

– Bien ! Moi, je suis portier-voiturier, d'où la cape.

– Ah ouais, c'est marrant !

Après deux-trois bricoles d'échangées, on se dit à bientôt et on retourne à nos postes. Je cours raconter tout ça à Lola : « Ah mais oui, l'Espagnol, c'est oune ami de Patrick. Patrick, son petit copain, dont le superviseur n'était autre que l'ex de Lola. Attention, hein, Miguel c'est un coureur, il sort avec toutes les filles. Y a déjà la gouvernante qui est amoureuse, il a couché avec, et elle n'arrête pas de lui courir après… »

– Non, non, t'inquiète, je suis déjà prise (*spoiler alert*) mais c'est marrant comme le monde est petit.

– Ah mais tu as vu mon merdier ? Steve, c'est le superviseur de Patrick, aïe aïe aïe !

Je pense que l'hôtellerie est l'un des milieux où le perso est en étroit lien avec le pro, parce qu'on y passe trop de temps, et que l'ambiance amène à être constamment proches des collègues, physiquement et mentalement. Les romances ou les plans cul commençaient à s'installer, d'autant qu'il y avait pas mal de sorties d'équipes et de fêtes du personnel pour célébrer l'ouverture. Je les ai toutes snobées, mais j'avais quand même le droit aux *gossips*. Par exemple, un jeune homme, Nabil de son prénom, technicien, faisait des ravages chez la gent féminine, et, par ailleurs, était le nouveau *best friend* de Sophie. Selon les bruits de couloirs, il avait couché avec au moins dix collègues. Je savais, pour sûr, qu'il avait au moins couché avec notre deuxième formatrice aux soins du visage, Ophélie. Une petite brune à la voix aiguë qui n'avait pas l'air très futée. Comment je l'ai su ? Un matin, elle est venue me voir :

– Adama, Nabil ne m'a pas rappelée !

Je précise que jusqu'alors, la seule conversation que j'avais eue avec elle était : « Bonjour. – Bonjour. »

– Pardon ?

– Bah tu sais, Nabil, le grand arabe beau gosse ? On est sortis ensemble et ça fait deux jours que j'ai pas de nouvelles, il ne répond pas à mes textos.

Elle entreprend de me les montrer.

– Non, pas la peine, par contre, au risque de te décevoir, je crois qu'il a un sacré harem.

– Je sais, mais… j'sais pas, il me faisait sentir que j'étais sa préférée.

– C'est un beau parleur, il fait ça à toutes les filles.

– Toi aussi ?

– Non, je l'ai croisé une fois parce que j'avais une fuite dans une cabine. Il essayait de taper la discute, mais je répondais que par monosyllabes, donc il a arrêté.

– Ah, t'as de la chance, il est trop beau !

Oui, il n'était pas désagréable à regarder, mais je n'aimais pas comment lui regardait les femmes. Range tes yeux sales !

Côté filles, la dévergondée de l'hôtel était Aliyah, l'assistante RH, qui a forgé sa réputation en suçant Nabil dans les toilettes lors d'une soirée du personnel. La coquine ! Environ deux semaines après les festivités, Ophélie vient me voir le jour de son départ, en me montrant directement un texto de Nabil. Elle a les larmes aux yeux. Je me dis qu'il a dû finir par la jeter. Je vois passer Sophie juste derrière nous, qui claque la porte de son bureau. Ça m'intrigue, je me dis alors : « Nabil a dû se faire virer ! »

Je lis le texto : « Je suis désolé de te prévenir de cette manière, mais tu dois déjà savoir que j'ai une femme et un enfant. Aussi, j'ai une grave nouvelle à t'annoncer : mes résultats de tests montrent que je suis séropositif. Je sais qu'on s'est toujours protégé, mais au cas où, je te conseillerais de faire un test. » Ah !? J'avais plusieurs scénarios dans la tête, mais je ne m'attendais pas à celui-là !

– Tu penses que c'est vrai ? Je devrais faire le test ?

– Euh... oui ! Je ne pense pas que ce soit une blague ou un faux prétexte pour fuir !

S'en sont suivies cinq minutes pendant lesquelles j'ai tenté de la rassurer et de calmer ses sanglots. Sachant qu'un client pouvait débarquer à n'importe quel moment. Entre-temps, Clémence, une des masseuses, ressort du bureau de Sophie et me dit : « Elle est affalée sur son bureau en train de pleurer, c'est ouf ! » Toute cette journée a été concentrée sur ce *gossip* et, en se baladant dans les couloirs, il n'était pas difficile de reconnaître les autres filles qui avaient reçu un texto similaire.

Chaque chose à sa place…

Ces premières semaines intensives ne nous ont pas épargné les couacs des premiers jours. Quasiment deux mois après l'ouverture, sans compter les exercices de préouverture, on n'était toujours pas au point. Des petits aux plus gros détails, il y avait pas mal de réajustements à faire. Et nos clients n'étaient ni patients, ni compréhensifs. Nous avions ouvert nos portes, nous nous devions d'être excellents. Au prix de la chambre, je pouvais comprendre. Côté spa, on a vite compris qu'il fallait remplacer nos bougies à la cire par des LED ; qu'avoir une trousse à la place d'une vraie caisse, c'était pas possible ; que les roses fanaient très vite dans un sous-sol sans lumière du jour ; que les clients volaient nos bracelets en jade qui rappelant le numéro de casier, mais sans la clé dessus parce qu'ils sont jolis, on oublie vite... J'avais à cœur de régler ces petits problèmes de logistique, mais Sophie ne semblait s'intéresser qu'à la couleur des roses.

Notre équipe était complète, nous avions un maître-nageur, deux coachs sportifs, tous nos masseurs (bon, il n'y avait qu'un homme pour six filles), trois équipiers et il y avait une super entente. À défaut de pouvoir profiter des massages comme avant l'ouverture, nous devions nous rendre service entre départements, afin de tester et noter les services de l'hôtel. Pour nous, c'était le restaurant gastronomique du rez-de-chaussée. J'ai pu tester le petit-déjeuner ainsi que le déjeuner, ce qui m'aurait normalement coûté 140 euros environ. Le cadre était magnifique et les produits de bonne qualité, mais à 48 euros, le tarif du petit-déjeuner me paraissait excessif : on peut faire un brunch correct pour deux ou trois personnes à ce prix. Le déjeuner était classieux avec un dessert excellent.

Les clients commençaient à subir les petits défauts de jeunesse de l'établissement. Le spa n'avait pas de service manucure, ni de salon de coiffure, ce qui nous obligeait à faire appel à des professionnels extérieurs. Les chambres étaient rarement prêtes à l'heure et la réception se faisait une habitude de nous envoyer les clients mécontents pour les calmer : « Le spa, c'est fait pour se détendre ! » Sauf qu'un client, je cite « de standing » n'en a rien à foutre du spa, il veut sa chambre. Quand on m'en envoyait un, je mettais mon plus grand sourire dès l'accueil, tout en écoutant leurs plaintes :

– C'est inadmissible, je suis un habitué de la chaîne, c'est la première fois que ça m'arrive !

– Ah oui, désolé, Monsieur.

– C'est un scandale, je vais faire quoi pendant deux heures ?

– Un massage ? Profiter du jacuzzi ? Sauna, hammam, il y a tout ce qu'il faut.

Un jour, je suis tombée sur un ancien champion de natation. La réception m'a appelée en panique : « Il est hystérique, sa chambre sera prête dans quarante minutes, je peux te l'envoyer ? » Ai-je le choix ? Effectivement, il a l'air bien nerveux. Je propose tout de suite la piscine, puis l'accompagne au vestiaire. Il commence à me raconter sa carrière et à me sortir ses médailles tout en commençant à se désaper. Je commence à me dire que ces riches adorent se mettre tout nus devant des inconnus. Je lui fais savoir que je dois sortir, car je suis du sexe opposé et que ce n'est pas très correct, ce qui le fait rire. Il ressort en maillot de bain et me crie : « Quarante minutes, ma chambre, hein ? Tu vérifies ! » Ah, on se tutoie maintenant ?

Je vous rassure, tous les clients ne se déshabillaient pas devant les hôtesses, d'ailleurs souvent devant les équipiers, car il n'y avait pas le choix. En principe, une femme ne devait pas rentrer dans le vestiaire des hommes, mais il n'y avait pas assez d'hommes au spa pour gérer toute la gent masculine de passage.

Hormis les clients énervés envoyés au spa, tout se passait plutôt tranquillement au sous-sol. Jusqu'au jour où 50 euros ont disparu de la caisse. Notre premier *drama*. C'est arrivé un jour où Lola était toute seule côté accueil, et moi en week-end. En comptant le soir, 50 euros manquaient. Sophie et Thérèse l'ont cuisinée en partant du principe que c'était elle, la voleuse. Quand j'arrive le lendemain du vol, Lola me raconte, en jurant qu'elle n'a rien fait et qu'elle paiera ces 50 euros si personne ne veut la croire. « Jé m'en fous, nan, mais Adama, elles m'ont fait pleurer ! J'ai pas dormi de la nuit, elles vont me virer ! » Pour moi, elle était innocente.

Sophie avait trouvé une idée de génie, à savoir ne jamais déclarer cette perte et que toutes les hôtesses se cotisent pour remplacer la somme manquante... *WTF !* Je file dans le bureau :

– Hors de question.

– Non, mais Adama, c'est plus facile comme ça, les autres filles sont d'accord, et si vous ne donnez rien, on ne peut pas dire aux autres de participer.

– Mais c'est n'importe quoi, pourquoi je devrais payer pour un truc que j'ai pas fait ? J'étais même pas là !

– C'est une question de solidarité, enfin !

– C'est non, point barre !

Je ressors, Aurélie est là et tente d'ouvrir la bouche. « C'est pas la peine, je ne donne rien, et vous, c'est pareil. Si Sophie ne sait pas faire les choses correctement, c'est pas notre problème, c'est elle, la directrice. » Lola : « Adama, tou devrais monter oune syndicat, tou te rebelles tout le temps ! » Je ne me trouve pas rebelle, et là c'est quand même du grand n'importe quoi.

Cette directrice commençait vraiment à me taper sur le système. Au quotidien, ça devenait de plus en plus compliqué. Elle fuyait les clients anglophones comme la peste (soit 80 % d'entre eux) car elle ne parlait pas anglais et refusait de gérer les conflits. Un problème de casier ? Un problème de réservation ? Madame restait cloîtrée dans son bureau.

Un matin, j'ai une réservation pour deux personnes. Les clientes viennent de l'hôtel Raphaël. Une des masseuses s'est trompée sur son horaire et il n'y en avait qu'une de disponible. Je sais que la directrice est esthéticienne et masseuse de formation, je cours donc la voir.

– Ah non, mais elles parlent quelle langue, les clientes ? Je ne peux pas gérer ça, moi ! Je sais masser, mais non, quoi... l'anglais !

Je lève les yeux au ciel.

– Donc je leur dis quoi ?

– Bah je sais pas, appelle Clémence (la masseuse), elle est où ?

Comme si je ne l'avais pas déjà appelée…

– Elle ne sera pas là avant une heure !

– Bon bah tant pis, dis-leur qu'il n'y aura qu'un

massage !

Bien sûr, les clientes me crucifient sur place, mais ça me passe au-dessus. Si seulement Thérèse avait été là ! L'une des deux accepte le massage et je propose à l'autre de réserver à une autre date gratuitement, (si Sophie objecte, je la tue) ce qui calme un peu la situation.

Le problème, c'est que cette anecdote n'est qu'un exemple parmi plusieurs. Une fois, c'est Aurélie qui a été témoin de son incompétence. Un client s'impatientait car son casier était coincé. Elle n'a rien trouvé d'autre à faire que de s'appuyer sur le mur en disant au client : « Désolée Monsieur, je ne peux pas, j'ai mal au ventre, je dois y aller ! » Heureusement, Elsa était là pour proposer un massage gratuit de trente minutes, le temps que la sécurité vienne régler le problème. Je me sentais frustrée d'avoir comme supérieure une idiote pareille.

Septembre 2014. Au bout de trois mois de contrat, dont deux mois d'activité, on arrivait au bout de la période d'essai de la plupart des employés. J'avais espéré qu'on vire Sophie, mais non. Pourtant, une grosse vague de licenciements est arrivée pour les personnes ayant signé un CDI. Eh oui, on pense avoir trouvé la sécurité d'un emploi, on commence à faire des projets, mais rappelez-vous que votre entreprise n'en a rien à foutre ! Explications de la direction : « On avait besoin de monde pour l'ouverture. Maintenant qu'on est ouvert, faut virer le surplus ! » Tout le monde était au courant de cette stratégie, à part les plus concernés bien sûr. Au spa, on était tranquille, on cherchait même à embaucher une nouvelle hôtesse.

Chaque jour, pendant au moins deux semaines, on entendait qu'untel s'était fait virer. Beaucoup de femmes de ménage, et hécatombe pour l'équipe de réception également. Le plus mémorable des licenciements a été celui de la pauvre Sonia, réceptionniste, virée à l'américaine. Elle est arrivée le matin de son *shift* et son superviseur lui a annoncé que c'est son dernier jour. On ne relèvera pas le fait que c'est complètement illégal. Elle a fondu en larmes pendant son *shift*, devant les clients, et on ne l'a pas laissée finir sa journée. À 11 heures, elle était donc dans les vestiaires à pleurer toutes les larmes de son corps. Aurélie était présente, mais elle n'a pas compris ce que Sonia tentait de lui expliquer entre deux sanglots. En gros, elle aimait son travail et venait de louer un appartement. Dur !

On virait les gens sans vergogne, mais certains démissionnaient également. Le directeur général souhaitait un entretien avec chaque démissionnaire afin de connaître les raisons de sa décision. Quelle logique ? On me vire, on s'en fout ; je pars, on veut savoir pourquoi ! Je trouvais que c'était le comble de l'arrogance. Il n'y avait pas qu'une histoire de compétences dans ces décisions, sinon Sophie aurait dégagé la première, non ?

VIP ordinary life

Lola a fini par commettre l'irréparable. Tromper Patrick avec Steve, son ancien copain. Bien que j'aie senti la catastrophe arriver, j'ai été un peu déçue.

Lola, c'est la fille qui bouillonne, qui est jeune, qui veut faire la fête. Patrick, c'est le mec plan-plan, trente-deux ans, vie pépère sans surprises. Steve, le trépidant, le séducteur, l'enfoiré. Non mais, il se permettait de descendre au spa pour lui susurrer des mots doux : « T'as rien à faire avec ce blaireau, reviens avec moi, je suis celui qu'il te faut. « Il l'a invitée dans un restaurant de luxe (en tant que concierge, c'était facile de trouver une bonne table), l'a fait boire... et arriva ce qui arriva.

– Mais Adama, comment je vais faire ? Mon pauvre doudou ! Je viens d'emménager chez lui, on part en Espagne voir mes parents après Noël, aïe aïe aïe !

– Casse-toi ! Tu ne l'aimes pas. Tu lui fais perdre son temps. Largue-le.

– Tou as raison, bon... Je vais voir. Mais je l'aime, mais c'est pas pareil.

– Tu as de l'affection pour lui, c'est différent ! Et s'il te plaît, après tout ce que l'autre connard t'a fait, lâche-le, lui aussi !

Steve, était – est toujours – un serial trompeur, un pervers narcissique. Sa première faute ? La meilleure amie de Lola. Il lui a annoncé en souriant, pendant une sortie romantique : « Tu crois que je t'ai déjà trompée ? Tu crois que j'aurais osé avec ta meilleure amie ? Bah si, c'est le cas ! Oh, chiale pas, tu ne me quitteras jamais de toute façon ! » Un enfoiré, je vous dis ! Et je zappe les autres coups de crasse au quotidien.

Pendant que Lola s'auto-flagellait, Aurélie tentait de la rassurer : « Ça arrive, tu sais ! » Hein ? Oui, Aurélie avait couché avec son meilleur ami, marié et père, dans la chambre du gamin.

Je les regarde, atterrée « Mais qu'est-ce qui ne va pas chez vous deux ? Ça arrive ? Le mec n'est pas tombé dedans par accident, quand même ! »

Du coup, c'était le monde à l'envers dans l'équipe du spa, des filles volages et des mecs fidèles. Nos deux coachs sportifs revendiquaient haut et fort : « Moi, six ans avec ma femme, je ne suis jamais allé voir ailleurs ! » Et Lola continuait de se lamenter.

Revenons à nos chers clients. De plus en plus de réservations nous tombaient dessus, ce qui chassait l'ennui et l'envie de raconter notre vie. Sur le même sujet, un de nos clients avait relevé le niveau. Est-ce qu'avec l'opulence, on peut se permettre de tout faire ? Un riche homme d'affaires a un jour appelé pour réserver trois massages : un pour lui, un pour sa femme, et un pour sa maîtresse. Vous avez bien lu. Au moins, il avait la décence de le vivre au grand jour.

Les deux femmes avaient rendez-vous à la même heure, et lui, plus tôt : le sketch ! Elles se sont présentées sous le même nom, à quelques minutes de décalage. Impossible de savoir laquelle était l'officielle. Celle qu'on finit par identifier comme la femme nous crie du bout du couloir : « Surtout, je ne veux pas croiser sa pétasse à l'autre, hein ! Changez les horaires ! » La maîtresse ressurgit des vestiaires sans la croiser et me demande : « Elle est où, l'autre folle ? Je ne veux pas la voir ! Je peux aller en cabine maintenant ? » Je m'exécute pour éviter la catastrophe. Elles ne se sont pas croisées, et le mari est venu payer d'avance. « Elles s'entendent bien, vous savez ? Je voyage toujours avec les deux. » Je souris sans répondre. Dans quel monde penses-tu qu'elles peuvent bien s'entendre ? Même si elles sont là pour tes millions, y aura une rivalité pour savoir qui va te dépouiller le plus vite !

Vis ma vie de riche. J'étais étonnée du nombre de personnes fortunées qui passaient par cet hôtel. Je n'avais dans les mains que des gros billets, des Visa Platinum ou Infinite. Même pas du riche moyen ! « Je veux faire un cadeau à une amie... » En tant que pauvre, j'hésite à annoncer la somme :

– Hum... 800 euros pour une boîte de dix sérums.

– Oui, oui, vous me faites un paquet ?

Ah bah si c'est comme ça... Sans états d'âme ! On recevait des commissions sur nos ventes de produits, et Sophie avait décidé d'organiser un concours de la meilleure vendeuse. Elsa (rappelez-vous, « le petit serpent ») avait aussi décidé d'y participer. Lola et Aurélie se sont indignées : « Mais comment ça ? D'habitude, elle est au-dessus de nous, mais si c'est pour gagner un concours, tout d'un coup, c'est notre égale ? »

Je ne vous ai pas trop parlé d'Elsa. Elle était montée en grade dans sa carrière, étant donné qu'elle avait été hôtesse, mais on avait du mal à comprendre son rôle. Elle devait nous superviser et seconder Sophie. Côté supervision... disons qu'on ne l'écoutait pas beaucoup. Sans vouloir me vanter, les collègues, coaches, équipiers, parfois masseurs venaient souvent me voir lorsqu'il y avait un petit problème. Pourquoi tant d'animosité envers Elsa, alors ? Son surnom avait été donné par un des équipiers(Elle ne disait jamais les choses en face, ne pointait que les défauts et voulait se garder les meilleurs clients, par exemple en fliquant le planning et en s'arrangeant pour les accueillir personnellement. Quel intérêt, me direz-vous ? Les pourboires !

Rappelons que nous étions dans un lieu où les billets pouvaient tomber assez facilement. Pendant la journée d'orientation, on nous avait dit : « Les pourboires de plus de 200 euros doivent être déclarés. » Personne ne déclare ses pourboires, *hellooo !* Du point de vue du *Chrysé*, c'était un moyen de protection contre un client victime d'amnésie, du nôtre, un moyen de se faire plumer sachant que l'hôtel en récupérerait un pourcentage.

Alors, peut-on vraiment arrondir ses fins de mois en travaillant dans ce genre d'établissements ? Ça dépend du département dans lequel on travaille, mais ça arrive assez fréquemment. Une fois, un portier a reçu un billet de 200 euros pour avoir été très sympa avec les enfants d'un client. C'est d'ailleurs une chose qu'on m'a apprise dès le *Carillion* : « Jouez avec les gosses, les clients adorent ça. » Les chercheurs, les portiers, les voituriers et les barmans étaient les mieux lotis.

Côté spa, nous avions pas mal de clients venant des Émirats, tous des milliardaires. Un de nos habitués (oui, on avait déjà des habitués) avait été surnommé « *ATM* ». Il donnait un billet de 50 euros à chaque personne avec qui il interagissait. Je n'exagère rien, j'en ai fait moi-même l'expérience. Après son massage, j'ai fait son check-out, c'était la première fois que je le voyais, et il m'a donné un billet de 50 euros. Pour deux minutes d'interaction, c'est plutôt bien payé. J'ai relaté l'histoire à un des équipiers, qui m'a dit : « Ah, lui ? Bah ouais, la dernière fois, je lui ai dit bonjour, il m'a donné un billet. Pareil pour la masseuse. En fait, dès que tu lui parles, il donne 50 euros ! »

Ah, la parole ! Le besoin de parler, d'interagir, d'avoir des liens humains profonds et non superficiels. L'argent ne fait pas le bonheur, bla-bla-bla. Le problème, c'est qu'on a fait de l'argent un dieu qui régit nos vies. Dans ce spa, il y avait une troublante corrélation. Tous nos clients devaient remplir une fiche de santé avant le massage. Et 60 % d'entre eux cochaient la case « en dépression ».

Attention, je me lance dans une introspection. Qu'est-ce qui déprimait ces gens qui semblaient tout avoir ? Dans mon *shift*, une dame d'environ cinquante-cinq ans avait pris l'habitude de descendre au spa tous les matins. Au début, elle prétextait qu'elle était une voisine et qu'elle cherchait des soins naturels pour la peau. Je lui ai bien sûr vendu quelques produits. Puis, au bout du troisième jour, j'ai eu la vérité : « En fait, je vis toute seule, et comme vous êtes sympathique, je descends pour discuter un peu, ça m'occupe, et puis c'est un bel hôtel… Donc je me balade. » Cette dame était *so sweet*, ça m'a fait mal au cœur. Peu de temps après, elle a arrêté de venir.

Un autre client était connu de tous les services, car il passait son temps à faire le tour de l'hôtel et à discuter longuement avec les employés. Il fallait bien qu'il tombe sur moi à un moment. Un étrange jeune homme de trente-cinq ans, venu pour un massage et qui voulait que je lui explique en détail les bienfaits du sauna et du hammam. Sauf que l'équipier lui avait déjà expliqué cinq minutes auparavant. Il était venu très en avance et m'a tenu la jambe pendant quinze minutes, à me reposer les mêmes questions, mais tournées différemment.

– Donc, c'est mieux de faire dix minutes de sauna, puis d'utiliser la fontaine à glace ou de boire de l'eau et d'y retourner ?

– C'est bien ce que j'ai dit.

– Vous pensez qu'il faudrait rester un peu au sauna, puis sortir boire de l'eau fraîche et y retourner ?

OK, soit il est amnésique, soit c'est sa façon de faire des blagues, soit il est débile ! En tout cas, il a fini par aller en cabine de massage. Sur sa fiche, il avait coché « en dépression ». La réception m'a appelée quelques minutes plus tard :

– Monsieur Panchet est chez vous ?

– Oui, il se fait masser.

– Il est un peu spécial, mais il est gentil, j'espère que tout s'est bien passé.

Oui, ce genre de personnes inspire la compassion, même si on ne peut s'empêcher de penser : « Donne-moi ton compte en banque, je saurai être heureuse, moi ! »

Je ne vous ai pas raconté la dernière d'Elsa ? Nous avons reçu pendant deux semaines un milliardaire du Qatar qui adorait notre salle de sport et bénéficier d'un massage après l'effort ; une personne qu'elle connaissait de l'autre hôtel dans lequel elle avait travaillé. Comme à son habitude, elle l'avait accaparé sous prétexte qu'ils se connaissaient déjà et s'arrangeait pour mettre tous ses massages à des heures où elle pourrait l'accueillir. Il avait un emploi du temps, donc ça ne marchait pas toujours, et nous l'avons toutes accueilli et booké ses massages ; les coachs et équipiers se sont aussi occupés de lui. Le dernier jour, il a laissé une enveloppe à partager avec l'équipe : 500 euros. Elsa a tout gardé pour elle : « C'est mon client, c'est à moi qu'il faisait confiance. » Toute l'équipe fulminait, mais que faire? Lui voler l'argent dans son sac? Pour ma part, je n'étais pas tant en colère que ça. Elle venait juste de confirmer l'image que je m'étais faite d'elle. J'ai décidé de l'ignorer pour de bon à partir de ce moment-là. C'était ça ou je l'encastrais dans un mur (je fais rarement dans la demi-mesure).

Outre les déprimés, il y avait les clients qui pensaient que le spa était une sorte d'hôtel de passe. J'ai découvert à l'occasion que les hôtels de luxe s'échangeaient une *red list* de clients à problèmes. Autrement dit, les psychopathes, fétichistes, tarés, etc., à qui il fallait savoir dire non. Les demandes de massages en chambre, parfois à des heures tardives, mettaient en général la puce à l'oreille. On pouvait confronter le profil du client avec la *red list*, et ça coïncidait souvent.

Une fois, il y a eu un loupé avec notre masseur masculin, Orlando. Le client était connu dans tous les palaces parisiens, mais il n'était pas sur la liste. Un fétichiste des pieds. Orlando vient me voir en disant : « Non mais, tu te rends compte, je suis allé voir la direction pour qu'on refuse le massage en chambre, et on m'a dit non ! » Dès qu'il y avait une demande de service en chambre, surtout pour les masseuses filles, je demandais systématiquement à un ou deux mecs de la sécurité de venir. Normalement, ils devaient accompagner pour aider à monter le matériel, mais je leur demandais de rester derrière la porte de la chambre, surtout la nuit. Orlando a donc dû s'exécuter, mais la sécurité est venue avec lui. Il s'installe et le client lui dit :

« Enlevez vos chaussettes, s'il vous plaît. » Orlando décline poliment et commence le massage. Le client commence à gémir fortement, comme dans un film porno. Là, c'en est trop : « Désolé Monsieur, je ne peux pas travailler comme ça, je suis professionnel. Soit vous baissez d'un ton, soit je m'en vais. » Le client comprend et se calme. Je pense que ce genre d'individus pense vraiment avoir de l'ascendant sur les autres. Ils testent. Peut-être que ça a marché avec certains auparavant, donc pourquoi pas ?

Une des masseuses est venue me voir un matin, les larmes aux yeux, parce qu'un client lui a dit : « Si je vous donne 200 euros, on peut aller plus loin ? » « Adama, je ne suis pas une pute, j'ai la rage là, dis-lui quelque chose ! » Alors lui, c'était un cas particulier. Le fils du propriétaire d'une chaîne de casinos. Je l'appellerai Monsieur Dodger. Il devait rester une semaine, venait tous les jours à la salle de sport et perturbait la tranquillité du spa en criant comme une *Banshee* pendant l'effort et en s'autocomplimentant. Avec ce genre de clients, la direction vous donne comme consigne : « Dites oui à tout ! » Son oncle, une sorte de mafieux du Sud, descendait souvent pour nous avertir : « Prenez soin de mon neveu, je vous préviens ! » « Va te faire foutre » pensais-je très fort. Aucune intention de céder aux caprices de ton neveu déjanté.

Sur un de mes *shifts* du soir, la réception m'appelle :

– Monsieur Dodger souhaite qu'on laisse la piscine ouverte toute la nuit ce soir et qu'on mette des bougies autour, il sera accompagné de… Jeunes filles.

De putes de luxe en somme.

– Non.

– Euh... Adama, on ne dit pas non aux Dodger.

– Eh bien s'il n'est pas content, dites-lui que c'est moi qui ai refusé.

Monsieur Dodger m'avait fait savoir qu'il ne m'appréciait pas trop, car il sentait une certaine animosité se dégager de moi. Il a aussi essayé de me proposer 200 euros pour lui envoyer une masseuse dans sa chambre. « C'est possible, mais il y aura un homme de la sécurité... dans la chambre », ai-je répondu avec un grand sourire. Il avait compris que je voyais très clair dans son jeu.

Non mais ça coûte cher, de vider, nettoyer et remplir une piscine ! On n'allait pas la mettre hors service parce que Môssieur avait laissé du liquide séminal partout ! Le lendemain, la direction a confirmé que j'avais eu raison de refuser de céder à ce caprice. On avait déjà ce problème récurrent dans nos cabines de massage doubles, lorsque les couples réservaient le jacuzzi. Les masseurs devaient ensuite utiliser de la lumière noire pour détecter et nettoyer les traces de sperme. Oui, nous étions équipés de ces appareils uniquement pour l'occasion ! Chers clients, nous savons tout !

Un des clients *red list* venait avec deux putes de luxe à chaque fois, sans s'en cacher. Ils étaient assez bruyants et laissaient des préservatifs usagés en partant. La classe. Malheureusement, ce n'était pas assez grave pour lui interdire l'accès au spa.

Dans le genre mafieux, on avait aussi Monsieur Conti, qui venait tous les mercredis à 13 heures précises et ne voulait se faire masser que par Éléonore (une très jolie masseuse). À part le fait qu'il nous faisait tous flipper, il a toujours été décent avec elle. Aucune demande bizarre. Il était assez âgé et on sentait qu'il avait du sang sur les mains.

Un vrai mafieux, connu, d'Italie, avec l'accent, le style vestimentaire, tout ! Pas besoin d'instructions de la direction. S'il me disait « Réservez-moi oune table au Condor pour 14 heures », plein ou pas, je la lui trouvais. J'avais l'impression que dire non allait condamner toute ma famille à une mort atroce. On a même dû changer les emplois du temps de l'équipe de masseurs pour qu'Éléonore soit toujours dispo le mercredi à 13 heures. En priant pour qu'elle n'ait jamais d'empêchement.

En tout cas, on était contents quand une journée se passait sans encombre. Je passe sur les érections pendant les massages ou les traces de selles dans le sillon fessier. C'était presque le quotidien. Pauvres masseurs !

Du strass, des paillettes… Je tire ma révérence

Comme d'habitude, je commençais à m'ennuyer sérieusement dans ce job d'hôtesse. L'avant-ouverture était excitante, l'ouverture aussi, mais là, nous avions atteint notre vitesse de croisière et je rêvais déjà d'autres aventures. J'ai décidé de partir au Japon avec mon copain. On préparait le visa et nos démissions. Seule Lola était au courant : « Ah non, mais si tou t'en vas, jé vé me pendre au lustre dou spa, hein ! » Une vraie *dramaqueen*.

Qu'est-ce qui m'ennuyait ? Le manque de stimulation cérébrale. Le job n'était pas sorcier : les logiciels, faire le rapport du soir, compter la caisse, imprimer des factures, accueillir, accueillir, accueillir. Le reste, c'était du relationnel et du bon sens. Je voulais partir. Et pourtant, on avait une super équipe (en zappant Sophie et Elsa). Et on commençait à voir du beau monde passer !

Quelle est la première star qui a foulé le sol du spa ? Omar Sy ! Nous n'avions pas encore de salon de coiffure et il avait une interview à l'hôtel, mais pas de chambre. Nous avions prévu la salle la plus grande pour accueillir son équipe et sa garde-robe. Tout le monde était surexcité ; moi, j'étais contente sans plus. Je l'avais croisé à Disneyland quelques années plus tôt, l'effet de surprise n'était plus là. Comme assez souvent en hôtellerie, l'interaction avec les stars est brève, comme avec les autres clients… Que dire ? Oui, il a l'air très sympa, et c'est l'une de ces stars qui ne snobent pas les insignifiants lambda. Il a dit bonjour à tout le monde avec un grand sourire. J'ai surtout parlé au reste de l'équipe pour coordonner tout ça. Une expérience brève et plaisante.

Qui d'autre ? Mylène Farmer. Qui apparemment aimait s'abonner aux piscines des hôtels de luxe. Je l'ai trouvée aussi aérienne que dans ses clips. Elle était accompagnée de gardes du corps.

Beaucoup de collègues du *Chrysé* travaillaient dans ce genre d'établissements pour toucher de plus près ce milieu de paillettes. C'était assez plaisant, je dois l'avouer, mais au final, ça reste des êtres humains. Mon truc, c'est de les imaginer sur le trône pendant une bonne diarrhée.

Les Émiratis adoraient fréquenter notre hôtel. Nous avons reçu le PDG du PSG. Son garde du corps me tapait sur le système à vouloir me prendre en photo toutes les cinq minutes : « Souris, ma belle ! » Je vais le buter dans 3, 2, 1... Ont-ils tous plusieurs femmes ? Apparemment, oui. J'ai discuté avec la cinquième femme d'un Émirati, une jeune Marocaine qui avait l'air de regretter son choix. Nous avons beaucoup parlé. Elle m'expliquait qu'elle était la favorite et qu'elle devait le suivre partout, sauf qu'elle venait d'avoir un bébé et qu'elle était épuisée (il la forçait au lit). Ses yeux étaient pleins de tristesse.

Un autre Émirati avait demandé à une masseuse de devenir sa quatrième femme. Devant son refus, il s'est rabattu sur moi : « Pourquoi tu travailles ? Tu viens avec moi, tu ne travailleras plus de ta vie. Tu auras tout ! On te paye combien, là ? Tu perds ton temps. » C'est ça ! Je ne suis pas devenue demi-mécréante pour retomber dedans.

Nous n'avons pas eu le plaisir de recevoir la princesse saoudienne que nous attendions un matin. Elle arrivait en jet privé, et son assistante était venue en éclaireur pour que la suite de 300 m^2 à 12 000 euros la nuit soit nickel. Malheureusement, elle n'était pas assez grande pour ses quarante-sept valises. Triste vie.

Enfin, nous avions Monsieur Quick Quick, de Dubaï. Il venait souvent à Paris pour affaires et nous laissait sa femme au spa le matin. Elle descendait de mauvaise humeur avec des lunettes de soleil : « Je n'aime pas votre spa, c'est sombre. No comment. « Vous avez du jus de concombre ? Non, finalement, je n'en veux pas ! Je n'aime pas votre spa. » On se demandait pourquoi elle s'obstinait à venir tous les jours dans notre spa si nul. L'après-midi, c'était shopping avec son mari chez Chanel, Hermès, Louis Vuitton. Quand ils revenaient et que le voiturier ouvrait la porte de la voiture, le mari criait « Quick, quick ! » Et tout le personnel de service devait s'affairer à prendre tous les sacs de shopping et à les emmener dans la chambre avant qu'ils n'arrivent.

Revenons à nos stars. Une grande soirée avait été organisée pour célébrer la réussite du *Chrysé*. Pour vous faire une idée de la *guest list* : Kim Kardashian, Justin Bieber, Karl Lagerfeld. Dans la matinée, on avait sollicité tous les services pour remplir la chambre de Kim de deux cents et quelques roses. J'ai aperçu la jeune femme à son arrivée. Mais trop de monde s'agglomérait autour d'elle et elle n'est pas très grande.

Après le succès de cette soirée, c'était le défilé de personnalités à l'hôtel, donc au spa. Aurélie a eu droit au fameux « Vous savez qui je suis ? » après avoir annoncé à Miranda Kerr qu'il n'y avait plus de place pour un massage à l'heure demandée. « Vous savez à qui vous parlez ? Je connais votre patron, etc. » Chers clients, sachez… qu'on n'en a rien à foutre. Des fois, c'est à vous de faire preuve d'un peu de flexibilité. On ne peut pas construire une cabine de massage dans l'instant, ni matérialiser un masseur par magie. Il faut juste attendre, et arrêter de croire que le monde s'est arrêté de tourner pour vous. En réalité, la direction nous demandait d'annuler le massage d'un client plus insignifiant pour accommoder la star, mais je ne le faisais jamais. Mon fameux défaut : aucun sens de la hiérarchie. Je ne vois pas en quoi c'est juste d'annuler le massage de Madame X, qui l'a réservé, pour y mettre un mégalomane impatient. Certes, toutes les personnalités ne se comportent pas de la sorte. Assez souvent, même, elles s'accommodent et disent : « C'est pas grave, mettez-moi où il y a de la place. »

Orlando, de son côté, était ami avec Elie Saab. Il l'a invité à venir profiter du sauna, du hammam et de la piscine. Un personnage assez aérien également. J'ai bien discuté avec lui, puis il m'a filé un billet de 20 euros. J'étais déçue : je lui faisais la conversation de manière sincère, pas pour le plumer. On revient toujours à la question de ne plus distinguer ce que les gens veulent de nous lorsqu'on est riche. Le petit rituel de début de *shift*, désormais, était de consulter la liste des VIP du jour. Dans le dossier, il y avait la photo, le nom et le pseudo. La plupart des stars réservaient sous un pseudonyme. Je ne peux pas révéler les pseudonymes ici, mais pour satisfaire un peu les curieux : un des membres de Maroon 5 utilise « Bilbo Baggins ».

Un matin de novembre, j'ai vu un grand homme en short débarquer et se diriger du mauvais côté en faisant de grands gestes. Il était tout sourire et sympathique. On se serre la main et je finis par lui indiquer le chemin en lui faisant signer la fiche d'inscription. Je regarde son nom en pensant : « Étrange personnage, rigolo, en tout cas ! » puis je checke la liste des stars du jour. C'était Jim Carrey. Je ne suis pas douée pour reconnaître, hors contexte, les personnes connues. Je ne dois pas être la seule. Sans le maquillage et tout l'attirail, ils se fondent dans la masse. Je me souviens avoir foncé dans Samuel Le Bihan pendant un voyage à Venise en classe de seconde. Il s'est excusé, et moi, je me frottais le front, quand deux filles surexcitées me crient : « Mais t'as pas vu qui c'était ? » avant de le poursuivre pour une photo.

Un matin, j'étais avec Aurélie et un grand black tatoué arrive. Je lui fais signer sa fiche et l'accompagne à la salle de sport en discutant un peu. Elle me dit en sautillant :

– Mais tu sais pas qui c'est ?

– Euh... ?

– LeBron James ! Je le kiffe !

– Ah, c'est vrai, le basketteur, ouais, non, pas fait attention.

– T'es folle !

Peut-être qu'avec le temps, on devient blasé, ou juste on remet les choses à leur place. Pas besoin de s'exciter dans ce genre de situation.

Mayweather a réussi à exciter tous les services autrement que par ses compétences de boxeur. Il est arrivé à l'hôtel avec une grande équipe composée d'assistants, membres de la famille et autres amis. Ils venaient souvent à la salle de sport et Mayweather devait être le plus discret de tous. Le lendemain de son départ, l'équipière du spa originaire des Philippines, me dit : « Tu sais, il est très gentil Mayweather. » La veille, il a appelé une femme de chambre vers 2 heures du matin pour qu'elle lui fasse couler un bain et qu'elle lui donne des serviettes non neuves, car les neuves lui laissaient des peluches sur la peau. La gouvernante n'arrêtait pas d'appeler la femme de chambre à la radio. Mayweather lui a demandé de dire qu'elle s'occupait de lui et qu'il ne voulait pas être dérangé. On dirait le début d'un porno, mais je vous assure, je ne me dirige pas vers cela.

Avant d'aller prendre son bain, il dit à la femme de chambre de profiter de la suite, de se reposer, de regarder la télé, de manger. L'assistante de Mayweather, qui était là également, a rassuré la pauvre femme dubitative : « Il est comme ça, ne vous inquiétez pas. Profitez, c'est pour que vous vous reposiez un peu. » En repartant de la suite, Mayweather, tout sec et vêtu, lui a filé 400 euros et l'a laissée partir. Dans le milieu, il est connu pour être aussi flambeur-*show off* que généreux.

Ces petites rencontres et anecdotes pimentaient mes journées, mais j'ai fini par donner ma démission à Sophie. Elle n'avait pas l'air étonnée. Elsa m'en voulait un peu, parce que ça chamboulait le planning pour Noël. Je suis arrivée deuxième du concours de ventes après elle. Et comme je démissionnais, elle a suggéré aux autres membres de l'équipe que je ne reçoive pas la récompense. C'est la fois où j'ai décidé de lui reparler.

– D'où tu te permets de dire que je ne dois pas recevoir la récompense ? Et derrière mon dos en plus ! Quand t'as un truc à me dire, tu me le dis en face, comme je le fais à l'instant !

– Non, mais en fait…

– C'est bon, pas envie de t'entendre, j'ai dit ce que j'avais à te dire.

Et je suis partie vaquer à d'autres occupations.

Un mois plus tard, j'étais partie du *Chrysé*. Lola a ensuite posé sa démission. Pour ceux que ça intéresse, elle a aussi rompu avec Patrick et a décidé de repartir vivre en Espagne.

Pour mon anniversaire, Orlando m'a réservé une chambre pour trois nuits dans un palace à Marrakech (un autre super ami à lui en était le propriétaire). Une bonne façon de clôturer cet épisode de ma vie : devenir cliente d'un palace. J'y suis allée avec mon petit ami. C'était super... si on zappe les tentatives d'arnaques à chaque coin de rue.

Une autre aventure m'attendait au pays du soleil levant. Bye bye les palaces, bonjour l'enseignement ! Départ le 28 décembre 2014.

Première édition,
La Bruyère Éditions, Paris, 2019

Dépôt légal mai 2021

Imprimé par Pulsio Print
4 Rue de Belzunce
75010 Paris